Aurea von Fahlen verschleppt

Umschlagsfoto:

„Mädchen"

(Aquarell von A. Launus)

Aurea von Fahlen verschleppt

Zukunftsroman von Marion Scheer

(Teil 2)

(2001/2025)

Impressum:

Bibliografische Information der Deutschen Nationalbibliothek: Die Deutsche Nationalbibliothek verzeich-
net diese Publikation in der Deutschen Nationalbibli-
ografie; detaillierte bibliografische Daten sind im
Internet über dnb.dnb.de abrufbar.

© 2025 Marion Scheer

Verlag: BoD · Books on Demand GmbH, In de Tarpen 42,
22848 Norderstedt, bod@bod.de
Druck: Libri Plureos GmbH, Friedensallee 273,
22763 Hamburg
ISBN: 978-3-7693-7739-2

Kapitelübersicht:

II

Das Matriarchat

Anima fühlte sich, nach einer weiteren von Albträumen geschüttelten Nacht, wie zerschlagen. Träge hockte sie auf ihrem Lager, während der Pflegerobo geduldig auf seinen Einsatz wartete. Die wirren Gedanken in ihrem Kopf wollten ihr absolut nicht gehorchen und ließen sich in keinerlei geordnete Bahnen lenken. Sie erhob sich, um das angrenzende Bad aufzusuchen. Der Robo folgte ihr wie ein Schatten. Während sie sich ihm bereitwillig für ihre Morgentoilette auslieferte, kreisten ihre Gedanken ausschließlich um Roxi.

Der Streit zwischen ihnen war erneut aufgeflammt, weil Anima ihr schreckliche Vorwürfe wegen Proles gemacht hatte. Sie fand Roxis Verhalten verantwortungslos. Es ging ihr dabei weniger um die Strafbarkeit der Handlung, als um ihre Kurzsichtigkeit, was die schrecklichen Folgen für Proles betraf.

Wie konnte eine Wissenschaftlerin sich derart in ihren Arbeitsehrgeiz versteigen, dass sie ein Wesen zeugte und gebar, das halb Frau und halb Tier war? Und ihre liebreizende unschuldige

Tochter Aurea war letztendlich von diesem Monster verschleppt worden! Sie schauderte bei diesem Gedanken, was den Pflegerobo für einen Moment irritiert innehalten ließ.

Ihre Lebensgefährtin Roxi hatte die Wohngemeinschaft vor vier Tagen verlassen, weil sie Animas offene Vorhaltungen, sowie ihre anklagenden Blicke, nicht mehr ertragen konnte. Sie war mit all ihren persönlichen Gegenständen wieder in eine Stadtwohnung gezogen.

Das große Haus auf dem Land war nun so leer und ruhig, dass Anima es dort kaum mehr aushielt. So versuchte sie, seit ihr Hausarrest aufgehoben worden war, wieder viel Zeit in ihrem Institut zu verbringen.

Sie hatte bei einer Befragung durch die Wächterinnen versichert, ihre Tochter Aurea sei nicht die Schuldige gewesen, sondern die wilde Proles. Da Aurea hervorragende Beurteilungen seitens der Schule und der Psychologin erhielt, denen Roxi mit ihrer Mutanten-Tochter nichts entgegenzusetzen hatte, gingen die Wächterinnen schließlich auch von einer Entführung aus. Obwohl im Grunde keiner eine Ahnung von den tatsächlichen Zusammenhängen hatte, durch die

die beiden Mädchen so plötzlich verschwunden waren.

Anima war am späten Vormittag vor das Matriarchat bestellt worden, um sich dort einer weiteren Befragung, diesmal durch die drei ersten Frauen der Gesellschaft, zu unterziehen. Dieser Termin machte sie nervös. Es war durchaus nicht an der Tagesordnung, eine Frau vor dieses hohe Gremium, das als höchste Rechtsinstanz agierte, zu laden. Wenngleich sie eine der führenden Wissenschaftlerinnen war, hatte sie das imposante Staatsgebäude bisher nur bei ihrer beruflichen Vereidigung aufsuchen müssen.

Sie wählte besonders elegante Kleidung in einem gedeckten Grau, um bei den wichtigen Persönlichkeiten einen tadellosen Eindruck zu machen. Das verhärmte Gesicht musste der Robo mit viel Schminke einigermaßen ansehnlich zurecht malen. Das Haar ließ sie heute zu einer kunstvollen Frisur hochstecken. Ihr Spiegelbild blickte ihr schließlich ziemlich fremd und äußerst ernst aus trüben Augen entgegen. Ohne Frühstück verließ sie das Haus auf dem Gleiter.

Der Tag war klar und sehr schön sonnig. Sie hatte jedoch keinen Blick für die blühende Natur unter sich. Ganz in Gedanken versunken wandte sie sich wieder in Richtung des Grenzwalls und flog wie immer einige Minuten daran entlang. Die Wächterinnen kannten sie schon. Jeden Tag tauchte sie auf, mit dem vagen Gedanken, ihre Tochter Aurea warte dort irgendwo hinter dem Wall sehnsüchtig auf sie.

Natürlich durfte sie die Absperrung nicht durchbrechen, und die wachhabenden Frauen wechselten auch kein Wort mit ihr. So blickten sie einander nur aus einiger Entfernung an und musterten sich gegenseitig, bis Anima wieder enttäuscht weiterflog.

Als sie die Stadt erreichte, gab sie ihr Ziel ein und ließ den Gleiter autonom steuern. Es waren hier immer viele Frauen unterwegs, deshalb erschien die Automatik-Einstellung besser geeignet, um Zusammenstöße zu vermeiden. Sie selbst war auch im Augenblick viel zu unkonzentriert.

So konnte sie sich ganz ihren Gedanken und der Sehnsucht nach ihrer geliebten Tochter überlassen. Unter ihr lagen die sauberen Wege mit den aneinandergereihten Geschäften, Restaurants, Wellness-Tempeln und Kontaktbars. Sie nahm ein reges Treiben auf den sonnenbeschienenen Plätzen wahr. Überall waren Sitzecken oder Relaxliegen aufgestellt mit Sonnenschutz in vielen bunten Farben.

Neben ihr ragten immer wieder die Kristallfassaden der Wolkenkratzer auf. Sie wirkten so durchsichtig und zerbrechlich, als seien sie aus dem gefrorenen Atem eines Riesen entstanden. Endlich erkannte sie in der Ferne einen monumentalen freien Platz, der mit zarten Mosaiken und prachtvollen Anpflanzungen exotischer Blumen und Bäume geschmückt war. In der Mitte lag geschickt eingebettet ein monumentaler zweistöckiger sternförmiger Bau aus blauem Kristall. Er funkelte in der Sonne wie ein überdimensionaler kunstvoll geschliffener Edelstein. Unwillkürlich spürte sie die achtungsgebietende Kraft, welche von diesem Ort ausging. Angesichts dessen fühlte sie sich klein und unbedeutend.

Anima gab den Gleiter in die Obhut des dafür zuständigen Robos und hielt ihr MFA (Multifunktionsarmband) in Richtung der Eingangstür. Mit einem melodischen Dreiklang wurde ihr der Durchgang ermöglicht. Die Eingangshalle war vollkommen leer bis auf mehrere dienstbereite Robos, von denen einer auf sie zukam, um sie zu der Verabredung zu geleiten.

Die Wissenschaftlerin wurde an ihre Vereidigung vor vielen Jahren erinnert. Die Eingangshalle hatte sich seitdem nicht merklich verändert. Die zahlreichen Blumenarrangements mussten andere sein, aber sie wirkten genauso geschmackvoll und geschickt platziert wie damals, als sie mit den vielen anderen Frauen in bedeutenden Positionen und ihren engsten Angehörigen in den großen Sitzungssaal drängte. Damals hatte ihre Mutter noch gelebt. Traurig erinnerte sie sich daran, wie die noch rüstige Frau kurz danach freiwillig aus diesem Leben geschieden war. Sie hatte die Beweggründe nicht verstanden und diesen Verlust nie verwunden. In ihrer Gesellschaft wurden inzwischen viele Frauen bei leidlicher Gesundheit über hundert Jahre alt.

Sie zwang die negativen Erinnerungen nieder, während der Robo sie mit der Luftschleuse in die obere Etage geleitete. Er führte sie einen gegen Trittschall gedämpften Gang entlang. Alles war in blau gehalten. Nur die Türen trugen große Spiegelflächen, sodass Anima sich im Vorbeigehen ständig selbst entgegenblickte. Nach der zehnten Tür machte sie das zunehmend nervös.

Endlich blieb der Geleitrobo vor einem solchen Spiegel stehen – die Frau hätte nicht sagen können, der wievielte es war – und veranlasste, dass er sich lautlos zur Seite schob.

Anima schaute in einen freundlichen hellen mit stilvollen Gemälden geschmückten Raum, der nicht allzu riesig wirkte. Die großen Fenster waren verspiegelt. Auf einem Podest der Tür gegenüber saßen drei in dunkelblaue Roben gekleidete Frauen in einer Reihe. Sie trugen gleiche weiße Perücken mit ordentlich frisierten halblangen Locken. Die Gesichter wirkten einheitlich geschminkt, was aber nicht glaubhaft vortäuschen konnte, dass es sich um Drillinge handelte. Anima war ja auch bekannt, dass die Frauen keineswegs Schwestern waren, sondern regelmäßig aus einer Anzahl von hervorragenden Bewerberinnen gewählt wurden. Da die Wahlperiode immer acht Jahre betrug, schloss die Wissenschaftlerin, dass sie nicht von diesen Damen des Matriarchats vereidigt worden war, auch wenn ihr erster Anschein ein anderer war.

„Friede sei mit euch, edle Matriarchinnen!" Anima legte wie vorgeschrieben beide Hände zum Gruß aneinander und zum Zeichen ihrer Vertrauenswürdigkeit.

„Friede sei mit dir, Anima Tochter der Viktoria, nimm bitte auf dieser Sitzgelegenheit Platz!" Die

13

drei edlen Damen sprachen vollkommen gleichzeitig, als ob sie jahrelang das Synchronsprechen geübt hätten.

Dann wandten sie sich ihr aber einzeln im ständigen Wechsel zu. Für Anima war das Verhör anstrengend. Sie hatte das unangenehme Gefühl, die Frauen wüssten einfach alles über sie und durchschauten sofort, falls sie lügen würde.

So versuchte sie, um ihre Freundin Roxi zu schützen, einige wesentlichen Sachverhalte zu verschweigen. Als sie sich aber in die Enge getrieben fühlte, entschlüpfte ihr die Bezeichnung „Monster" für die wilde Proles, der sie die Schuld am Verschwinden ihrer Tochter gab. Aurea wäre aus freien Stücken selbständig niemals auf die Idee gekommen, ihrer Mutter solchen Kummer zu bereiten, davon war sie zutiefst überzeugt.

„Warum bezeichnest du die Tochter deiner Lebensgefährtin als Monster?", fragte die mittlere Matriarchin, und das Facettenauge auf ihrer Stirn blinkte aufmerksam. „Ich bitte um eine genaue Erklärung", fügte die rechte Frau streng hinzu. Und die linke edle Dame ergänzte mit leicht arroganter Gelassenheit: „Du hast die Zeit, die du brauchst!"

Anima begann zu zittern. Ihr Facettenauge flackerte unter der seelischen Belastung. Sie schwankte nur noch einen kleinen Moment zwischen der moralischen Solidarität mit ihrer ehemaligen Lebensgefährtin und dem Wunsch diesem Albtraum endlich zu entfliehen, um ihre geliebte Tochter wieder in den Armen zu halten.

Wenn sie nicht die volle Wahrheit sagte, würde wahrscheinlich niemand ernsthaft nach Aurea suchen. Die Mädchen waren in einem Alter, indem die Gesellschaft der Frauen ihnen zutraute, sich notfalls allein durchzuschlagen. Schließlich wurden sie bald volljährig und damit selbstverantwortlich.

Während Anima widerwillig Roxis Geheimnis enthüllte, hörten die edlen Matriarchinnen ihr mit vollkommen ausdruckslosen Minen zu. Sie wurde nicht von ihnen unterbrochen.

Als die Wissenschaftlerin schließlich betreten zu Boden blickte und in ein hilfloses Schweigen verfiel, meinten die Damen wieder völlig synchron: „Du berichtest uns da von einem unvorstellbaren Verbrechen gegen die Weiblichkeit, ist dir das klar?"

Anima nickte nur stumm.

„Da es um deine Lebensgefährtin geht, hättest du auch schweigen können." Die Mittlere sah sie mitfühlend an. „Ich denke, du hast aus Angst um deine Tochter gesprochen", führte die Rechte sachlich aus. Die Linke hob die Hand wie zum Schwur und rief: „Dem Recht und Gesetz muss Genüge getan werden!"

Darauf folgte wieder der Synchron-Sprechchor: „Die Schuldige wird der gerechten Strafe nicht entgehen!"

Recht und Gesetz

Am nächsten Tag musste Anima als Zeugin nochmals vor den Matriarchinnen erscheinen. Sie hatte die Nacht über kein Auge zugetan, weil sie sich nicht mehr sicher war, ob der Verrat an Roxi wirklich notwendig gewesen war. Sie schämte sich, wie noch nie in ihrem Leben.

Die edlen Damen hatten ihr zwar zugesagt, dass sie sich um die Auffindung von Aurea bemühen würden, aber sicher konnte sich Anima nicht sein, ob dieses Unterfangen auch von Erfolg gekrönt sein würde. Vielleicht hätte sie sich besser, in einer gesetzmäßigen Grauzone, mit Roxi und Doktorin Pokratia zusammenschließen und auf eigene Faust nach den im Urwald verschollenen Mädchen suchen sollen.

Als sie zum Gerichtssaal schritt, war sie so verzweifelt, wie lange nicht mehr. Sie hatte wirklich alles verloren, was ihr etwas bedeutete. Selbst an ihrer Arbeitsstelle im Institut wurde bereits nach einem Ersatz für sie gesucht, weil ihr Leumund geschädigt war. Roxi und Pok konnten sich als Angeklagte kaum schlimmer fühlen!

Es war ein ehrenhaftes Recht und eine Bürgerinnenpflicht, für die Gesellschaft der Frauen in der Wissenschaft oder an sonstiger einflussreicher Stelle tätig zu sein. Dabei ging es nicht in erster Linie um die monatlichen Zuwendungen, die sich bei solchen Ämtern zwangsläufig erhöhten, sondern um die Ehre, die diesen geachteten Frauen zuteil wurde. Jede drängte sich nach diesen Positionen.

Die Gesellschaft war wohlhabend, mitfühlend und gerecht, daher musste keine Frau darben, auch wenn ihre Gaben und Veranlagungen für keine noch so geringe Tätigkeit reichten. Ebenso wurden Alte und Kranke von den Frauen liebevoll betreut und von Robos gepflegt. Die jungen Mädchen erhielten alle eine Schulbildung, die ihren Begabungen entsprach. Es gab keine Ausgrenzung oder Armut in der Gesellschaft der Frauen. Ihre heilige Urmutter war weise und gütig gewesen. Ihrem Vorbild zu folgen, war allen Frauen ein besonderes Anliegen.

Die historischen Populationen der frauenähnlichen Wesen, vor der großen nuklearen Katastrophe, die sich in der Vergangenheit *Menschen* nannten, waren von Neid und Missgunst, von Zank und Streit, großer Ungerechtigkeit und der Gier nach materiellem Wohlstand geprägt gewesen. Das hatte den verheerenden Krieg zwischen Arm und Reich heraufbeschworen, aus dem nur wenige Wesen heil entkommen konnten. In dessen Folge wäre beinahe die Erde als Lebensraum zerstört worden. Allen Frauen der modernen Gesellschaft war klar, dass die Welt nie mehr auf dieses Niveau absinken durfte.

Roxi und Pok wurden, begleitet von vier Wächterinnen, ebenfalls zum Gerichtssaal geführt. Sie warfen Anima kurze forschende Blicke zu, wurden aber von den strengen Begleiterinnen daran gehindert, sie anzusprechen.

Im Inneren des großen Saales gab es eine strenge Sitzordnung. Auf einem Podest thronten wieder die drei, Anima schon bekannten, edlen Matriarchinnen. An beiden Seiten saß noch je eine weitere Frau. Es handelte sich um die Fürsprecherinnen. Die beiden waren in weiße schlichte Gewänder gehüllt und verbargen ihr Haar unter großen weißen Kopfbedeckungen. Sie waren den Angeklagten zugeordnet worden, um zu ihren Gunsten zu sprechen.

Unten vor dem Podest waren die beiden Angeklagten zwischen den muskulösen Wächterinnen positioniert. Anima, als Zeugin, saß in einigem Abstand dahinter in der zweiten Reihe der recht unbequemen harten Sitzgelegenheiten. Neben ihr waren noch andere ihr unbekannte Frauen in den Zeugenstand berufen worden.

Danach folgten für Zuschauerinnen mehrere Sitzreihen, die erheblich besser gepolstert waren. Diese Reihen füllten sich zusehends, denn es handelte sich hier um einen spektakulären Schauprozess, der alle Frauen interessierte und innerlich aufwühlte. Das heute angeklagte Verbrechen war nicht zu vergleichen mit den normalen Gerichtsverhandlungen, bei denen es meist um kleine Streitigkeiten aus unterschiedlichen geschäftlichen oder privaten Gründen ging. Heute wurde ein Verbrechen verhandelt, das in seiner Brisanz höchstens in jeder Dekade einmal vorkam. Das durfte keine Frau versäumen.

Als die letzte Sitzgelegenheit belegt war, riegelten die Robos den Saal ab. Die Frauen, welche an der Verhandlung teilnehmen wollten, aber keinen Platz fanden, entfernten sich ohne Widerstand. Sie hatten wie üblich die Möglichkeit alles über das MFA mitzuverfolgen. Die Vernetzung der Gesellschaft war allumfassend und unmittelbar. Es gab nur wenige individuelle Bereiche oder geheime Staatsbelange, die davor geschützt wurden.

Die Matriarchinnen erhoben sich und mit ihnen alle Anwesenden. Dann folgte der einstimmige Gruß: „Friede sei mit euch!" Und schon nahmen die Frauen wieder ihre Plätze ein. Es herrschte vollkommene Stille in dem schmucklosen ganz im beruhigenden zarten Grün gehaltenen Gerichtssaal.

Die mittlere edle Dame trug mit gleichmäßiger fester Stimme alle Punkte der Anklage vor. Anima hörte nur das Wort *Hochverrat* und schon gefror ihr das Blut zu Eis. Jetzt wurde ihr plötzlich klar, dass Roxi mit der Höchststrafe zu rechnen hatte. Was sollten die Fürsprecherinnen da noch in die Waagschale werfen, um den Schaden zu begrenzen?

Roxi und später auch Doktorin Pokratia erhielten die Gelegenheit, ihre eigene Darstellung des Sachverhaltes in aller Ausführlichkeit zu schildern. Sie sprachen beide mit eher leisen traurigen Stimmen.

Roxi hatte ein verweintes Gesicht und war in eine Art schlichtes schwarzes Büßergewandt gekleidet, das Anima niemals vorher an ihr gesehen hatte, weil sie normalerweise bunte ihre Figur betonende Kleidung bevorzugte. Pok trug ein weißes tailliertes Kostüm, das ihr exotisches Aussehen hervorhob. Das schöne schwarze Haar hatte sie mit einem weißen Seidentuch durchflochten und zu einem beachtlichen Turm auf ihrem Kopf drapiert. Dadurch wirkte sie etwas größer als gewöhnlich.

Die Frauen im Zuschauerraum schienen ständig vor Entsetzen den Atem anzuhalten, bei den unglaublichen Vorgängen, die ihnen während der Schilderungen zu Ohren kamen. Normalerweise wurden Schwangerschaften in der Gesellschaft so stark reglementiert und sorgfällig medizinisch betreut, dass es unvorstellbar erschien, was den beiden Angeklagten vorgeworfen wurde. Wie war es ihnen gelungen, die Zeugung einer Mutantin aus dem Samen eines Homomaskulinen und der Eizelle einer Frau so lange zu verheimlichen?

Schließlich wurden noch die Zeuginnen gehört. Auch Anima musste ihre Aussage wiederholen. Da inzwischen ihr tiefes Mitgefühl für die beiden beschuldigten Frauen überwog, versuchte sie wenigstens an deren guten Absichten keinen Zweifel zu lassen. Sie und auch die Fürsprecherinnen konnten am Ende jedoch das strenge Urteil nur wenig abmildern.

Als sich die Matriarchinnen mit den Fürsprecherinnen in Klausur zurückzogen, ging ein Raunen durch die Menge. Während die Angeklagten mit demütig geneigten Köpfen der Urteilsverkündung entgegensahen, diskutierten die Zuschauerinnen die Anklagepunkte und gaben über das MFA jeweils ihre Bewertungen ab. Auch die übrigen vernetzten Frauen waren dazu angehalten, ihre Meinungen zu äußern.

So konnten die Richterinnen gleichzeitig ein gesellschaftliches Meinungsbild abfragen und ihr Urteil gegebenenfalls darauf gründen. Sie waren jedoch so frei, sich auch darüber hinwegzusetzen, wenn es dafür wichtige Gründe gab. Das Urteil musste immer einstimmig fallen. Manchmal konnten die Beratungen deshalb lange dauern. Die Robos bedienten die Anwesenden währenddessen mit Getränken und kleinen Snacks.

Anima fühlte, dass ihr Magen knurrte. Sie hatte in den letzten Tagen nur wenig zu sich genommen. So nahm sie dankbar das Angebot des Robos an. Sie knabberte nun an einem Getreideriegel und nippte an dem anregenden warmen Koffeindrink.

Auch sie durfte natürlich ihre Meinung zu den Anklagepunkten kundtun. Aber selbst wenn sie auf unschuldig plädiert hätte, würde das keine Auswirkungen auf das Urteil haben. Sie hörte die erregten Stimmen der Zuschauerinnen, die aufgebracht die Höchststrafe verlangten.

Wie konnten die beiden Angeklagten auf Milde hoffen, wo sie das wertvolle Erbgut der Frauen mit dem von maskulinen Versuchstieren unrechtmäßig vermischt und dadurch eine lebende Mutantin erzeugt hatten? Bei diesem grausigen Verbrechen gegen die Gemeinschaft fehlten vielen Zuschauerinnen die Worte. Und die Erwartung des strengen Urteils ließ eine ständig auf- und abschwellende Welle der Erregung durch die Stuhlreihen wallen.

Nach etwa einer Stunde Beratung fanden sich die Matriarchinnen wieder im Gerichtssaal ein. Sofort wurde es still unter den Zuhörerinnen. Während die fünf wichtigen Damen auf dem Podest Platz nahmen, wiesen die Wächterinnen die Angeklagten an aufzustehen. Die beiden ungleichen Frauen gehorchten umgehend. Roxi schluchzte leise, was an ihren zuckenden Schultern zu erkennen war.

„Vor diesem hohen Gericht aus schwerwiegenden Gründen angeklagte Frauen, vernehmt nun das einstimmige Urteil des Matriarchats!" Die drei edlen Matriarchinnen sprachen wieder synchron.

Dann erhob sich die mittlere und wandte sich zuerst an Roxi: „Wissenschaftlerin Doktorin Ferox, Tochter der Liberia, du bist beschuldigt des Hochverrats an der Gesellschaft der Frauen. Du hast durch die unzulässige Vermischung von Erbgut ein unverzeihliches Verbrechen gegen die Weiblichkeit begangen. Zu deinen Gunsten spricht nur, dass du bisher unbescholten warst und in dem festen Glauben handeltest, der Wissenschaft und dem Fortschritt einen Dienst zu erweisen. Wir haben deshalb von der Höchststrafe abgesehen und verurteilen dich zu zehn Jahren Vereisung. Wir alle sind der Meinung, dass wir die Gesellschaft der Frauen für diese Zeit vor dir schützen müssen."

Roxi begann hemmungslos zu weinen und wurde auf einen Wink von der Matriarchin durch zwei stattliche Wächterinnen hinausgeführt.

Dann wandte sich die Sprecherin mit derselben emotionslosen Stimme an die andere Angeklagte: „Ärztin Doktorin Pokratia, Tochter der Luna, du bist der Beihilfe zum Hochverrat an der Gesellschaft der Frauen beschuldigt. Durch dich wurde ein unverzeihliches Verbrechen gegen die

Weiblichkeit möglich gemacht. Zu deinen Gunsten spricht allerdings, dass du bisher unbescholten warst, außerdem versucht hast, deine ehemalige Partnerin umzustimmen und dass du letztlich aus liebender Freundschaft handeltest."

Pok schwankte und musste von den Wächterinnen gestützt werden. Die Matriarchin fuhr, ohne eine Regung zu zeigen, in ihrer Urteilsverkündung fort: „Wir alle sind der Meinung, dass du für immer aus deinem Berufsstand entfernt werden musst. Wir geben dir aber die Chance, nach einem Hausarrest von zwei Jahren, ein neues achtbares Leben zu beginnen."

Die Wächterinnen stützten Doktorin Pokratia auf dem Weg hinaus. Dann erhoben sich wieder alle Anwesenden. Die Matriarchinnen sprachen gleichzeitig: „Wir haben heute Recht gesprochen zum Wohle der Gesellschaft der Frauen und im Sinne unserer heiligen Urmutter. So gehet hin in Frieden!"

Anima stand eine Weile wie gelähmt an ihrem Platz. Die Zuschauerinnen strömten diskutierend an ihr vorbei dem Ausgang zu. Sie wurde schließlich von einem Robo höflich genötigt, das Gebäude ebenfalls zu verlassen. Erst als sie auf ihrem Gleiter saß und automatisch aus der Stadt herausgeflogen wurde, kam sie langsam zu sich.

Vereisung! Ja, sie wusste, dass dies die Höchststrafe war. Das Strafmaß von zehn Jahren war allerdings nicht das höchstmögliche. Soweit ihr bekannt war, gab es Strafen bis zu fünfzig Jahren. Wenngleich sie sich nicht erinnerte, ob diese in den letzten Jahrzehnten jemals verhängt worden waren.

Die Vereisung war die einzige Strafe, die die Angeklagte nachhaltig aus der zu schützenden Gesellschaft entfernte. In einem streng abgeriegelten Gebäude lagerten die eingefrorenen Verbrecherinnen in großen Eisschränken auf körperbreiten Liegen in verschlossenen Fächern übereinander und nebeneinander. Anima war nicht bekannt, wieviel Räume gefüllt waren mit diesen gefrorenen nackten Leibern von straffällig gewordenen Frauen. Eigentlich war schwere Kriminalität kein Problem ihrer Gemeinschaft.

Die Vereisung wurde erst ab einer Strafe von über zwei Jahren angeordnet. Weil die längerfristige Überwachung im Hausarrest zu aufwendig war. Während sie im Kälteschlaf lagen, mussten die Frauen weder überwacht, noch ernährt oder betreut werden. Sie brauchten keine privaten

Robos, keine Gleiter und keine Wohnungen. Das sparte Kosten, die besser für wichtige soziale Projekte verwendet werden konnten.

Nach abgelaufener Strafe wurden diese Frauen wieder aufgetaut und allmählich in die Gesellschaft eingegliedert. Allerdings sank durch das Gefrieren die Lebenserwartung um ungefähr dieselbe Zeit.

Die abschreckende Wirkung dieser Strafe war enorm. Schließlich verlor eine Frau durch die Jahre der Vereisung wichtige Lebenszeit. Die Entwicklung in der Gesellschaft ging weiter. Der Arbeitsplatz wurde von anderen Frauen übernommen. Die einem nahestehenden Frauen und Mädchen suchten sich andere Freundinnen oder Partnerinnen. Möglicherweise musste sich eine geliebte Tochter an fremde Betreuerinnen gewöhnen. Vielleicht starb eine alte Mutter in der Zeit und die Verurteilte konnte sie nie wieder in ihre Arme schließen.

Anima sah die lebensfrohe Roxi vor sich, wie sie nackt auf eine kalte Liege geschnallt in den Eisraum geschoben wurde. Sie hatte gehört, dass die Frauen durch das Schockgefrieren nicht lange bei Bewusstsein blieben. Sie schliefen sozusagen sofort ein. Niemand wollte die Verbrecherinnen unnötig grausam quälen. Die vollständige Isolierung für die Dauer der Strafe, sollte der Gesellschaft als Genugtuung reichen.

Doch Anima weinte jetzt in bangem Entsetzen um ihre Freundin. Sie schluchzte noch, als sie das Haus betrat, lief sofort in ihr Zimmer und warf sich tränenüberströmt auf ihre Schlafstätte.

Da bemerkte sie plötzlich ein leichtes Zupfen an ihrem Gewand. Erschreckt hob sie den Kopf und blickte auf die verstört wirkende Largiri. Vorsichtig streckte sie die Hand nach Aureas Katze aus und streichelte sie zart. Das kleine Tierchen mit dem langen lila Fell begann dankbar zu schnurren und kuschelte sich zitternd an sie. Unendlich müde und erschöpft zog sie es an ihre Brust und fiel im selben Moment in einen tiefen traumlosen Schlummer.

Unter Wilden

Es war dunkel in der hölzernen Behausung, in der Aurea seit ihrer Entführung untergebracht war. Sie hatte viele Stunden in Bewusstlosigkeit verbracht. Danach wurde sie hin und wieder aus der bleiernen Müdigkeit geweckt, damit sie Wasser oder einen seltsam schmeckenden schleimigen Brei zu sich nehmen konnte.

Sie wusste nicht welcher Tag und welche Stunde es war. Die Dunkelheit wurde nur manchmal kurz erhellt, wenn das Wesen, welches ihr Nahrung reichte, durch eine verschließbare Öffnung nach draußen verschwand. Schemenhaft hatte sie mehrmals sehr fahle Haut gesehen. Sie war jedoch viel zu matt, um irgendetwas in ihrer seltsamen Umgebung einzuordnen.

Nun riss man sie sehr brutal aus ihrer Lethargie und zerrte sie aus der Hütte. Sie erstarrte vor dem, was sie plötzlich wahrnahm. Vier fahlhäutige Wesen mit kahlen Schädeln packten sie und zwangen sie in einen halbierten ausgehöhlten dicken Baumstamm. Er war von innen bearbeitet, sodass er sie warm und glatt, wenn auch unangenehm hart, in sich aufnahm.

Mit schnellen geschickten Griffen entkleideten die Wesen sie. Aurea startete einen hilflosen Versuch, sich zu weigern, hatte aber gegen die vielen starken Arme keine Chance. Sie sah nun, dass es sich ausnahmslos um weibliche Wesen handeln musste, da sie voll entwickelte Brüste nackt zur Schau stellten. Alle trugen auf dem Oberkörper rankenartige schwarze Verzierungen. Ihre Unterleiber waren von groben sackartigen Beinkleidern verhüllt. Die Füße waren nackt. Um die Fesseln lagen bunte Schmuckbänder, ebenso um ihre Hälse.

Als sie Aurea entkleidet hatten, begannen sie eine braune seltsam riechende Paste auf ihrem Körper zu verteilen. Sie gingen dabei wieder sehr flink zu Werke, aber das Mädchen bemerkte an den Berührungen und den erstaunten Ausrufen, die sie nicht verstand, wie diese Wesen sie neugierig erforschten.

Schließlich wandten sie sich ihrem seidigen goldenen Haar zu und zupften unter lautem Geplärr daran herum. Dann brachten einige andere Weibchen Tonkrüge mit Wasser und schütteten es über Aurea aus.

Sie hielt erschreckt die Luft an und prustete entsetzt in dem seltsamen nicht gerade warmen Wellnessbad. Die Wesen schrubbten energisch mit dem Wasser die Paste von ihrem Körper, bis sie offensichtlich der Überzeugung waren, sie sei nun sauber genug.

Diese Behandlung hatte so gar nichts mit der sanften Säuberung durch die Pflegerobos gemeinsam, schoss es Aurea durch den Kopf. Dann holten sie die zitternde Gefangene auch schon aus der braunen Brühe heraus.

Das verstörte Mädchen wurde mit groben Lappen getrocknet und dann mit einem blumigen Öl am ganzen Körper gesalbt. Als sie schließlich, duftend wie eine Sommerwiese und glänzend wie eine Nacktschnecke, in der Mitte dieser Weibchen stand, trällerten sie begeistert und zupften lachend an ihrem feuchten Haar.

Die beiden größten von ihnen, sie überragten Aurea etwa um Haupteslänge, nahmen sie dann in ihre Mitte. Eine hielt sie an der rechten, die andere an der linken Hand. Sie sprachen beruhigend auf das Mädchen ein und blickten sie dabei aus ihren roten Augen freundlich an. Immer wieder bleckten sie ihre makellosen weißen Zähne, während sie sie unaufhaltsam mit sich fortzogen.

Die zurückbleibenden Wesen verfielen derweil in lautes fröhliches Gekreische.

Aurea fühlte sich nicht wohl in ihrer Haut. Sie war nun glücklicherweise wieder sauber, zumal sie in der Hütte in ihren eigenen Exkrementen gelegen hatte, aber auch unübersehbar nackt. Das Öl tat seinen glänzenden Anteil daran, diese Tatsache noch zu unterstreichen.

Als sie ein kleines lichtes Wäldchen durchquert hatten, wurde Aurea noch unruhiger. Auf einer großen mit hölzernen Barrikaden umzäunten Lichtung standen zahlreiche primitive Holzhütten. Dazwischen brannten Feuer, und es wuselten fahle Wesen in verschiedenen Größen und Entwicklungsstufen umher.

Die größeren trugen ausnahmslos schwarze rankenartige Verzierungen an den Oberkörpern. Einige hatten auch die kahlen Köpfe und die Gesichter verziert. Dann nahm sie noch ein Detail wahr, dass ihr sofort das Blut gefrieren ließ. Viele hatten keine Brüste und trugen keine bunten Bänder. Es waren wahrscheinlich maskuline Wesen. Ihr standen die Homomaskulinen im Zoo und an Roxis Arbeitsplatz sofort in voller Pracht vor Augen, obwohl die hiesigen Exemplare im Gegensatz dazu vollkommen haarlos waren.

Die seltsame Gruppe erreichte den Dorfplatz unter großem Geplärr. Die Wesen stellten sich in einem Kreis um die drei herum und beäugten Aurea unter lauten Ausrufen des Erstaunens. Schließlich erschien ein leicht gebücktes wahrscheinlich älteres Weibchen. Es war in eine grobe Decke mit schwarzweißen Mustern gehüllt. Es erhob die Arme und die Stimme mit einem lauten seltsamen Singsang.

Darauf fielen alle Wesen zu Boden und waren still. Nur die beiden Weibchen, die Aurea zwischen sich führten, senkten lediglich die Köpfe. Nach einer Weile des unverständlichen Singsangs, sah Aurea aus der größten der Behausungen ein weiteres Wesen treten. Es trug, neben den Verzierungen auf Oberkörper, Gesicht und Kopf, eine Art Hut aus bunten Vogelfedern.

Das Mädchen sah sofort, dass es sich um ein maskulines Wesen handelte, weil sein großer Schwanz unverhüllt aus seinem Beinkleid lugte. Der Hutträger blieb in imposanter Haltung vor der Behausung stehen und betrachtete Aurea aus der Ferne mit unbeweglicher Miene.

Dann kam das Weibchen mit der Decke auf Aurea zu, fasste sie an der Hand und zog die Widerstrebende unter leisem Gemurmel mit sich fort.

Das Mädchen bemerkte mit Schrecken, dass sie zur Hütte des Hutträgers gebracht wurde. Angesichts der Übermacht dieser Wesen erschien ihr jede Gegenwehr zwecklos. Bis jetzt hatten sie sie ziemlich gut behandelt. Deshalb setzte Aurea auf freundliche Diplomatie. Sie schienen nicht allzu intelligent zu sein und auch sicher nicht besonders zivilisiert. Vielleicht mussten sie wie kleine Mädchen behandelt werden oder Jungtiere.

Während die junge Frau darüber nachdachte, was ihr wohl als nächstes blühte, betraten sie die Hütte des Hutträgers. Dieser beäugte sie zunächst leise grunzend. Dann kam er näher und berührte vorsichtig ihr Facettenauge mit seinem Zeigefinger. Sofort zuckte er erschreckt zurück und stammelte an die Alte gewandt einige aufgeregte Laute.

Diese schien ihn freundlich zu beruhigen und fiel schließlich wieder in den schon bekannten Singsang, wobei sie sich in die äußerste Ecke der Behausung zurückzog und Aurea leise bibbernd zurückließ.

Der Hutträger wurde nun mutiger und sofort zudringlich. Als er ihre Brüste mit beiden Händen betatschen wollte, kreuzte Aurea geschwind ihre Arme und schleuderte ihm ein lautes „Nein!", entgegen. Er wich zurück und betrachtete sie erstaunt aus zwei Schritten Entfernung.

Die Alte kam daraufhin aus ihrer Ecke gehumpelt. Sie griff unter Aurea Kinn und blickte ihr tief in die Augen, dann murmelte sie etwas und führte das Mädchen zu einem Lager aus weichen Fellen. Aurea verstand, dass sie sich niederlegen sollte. Sie beschloss jedoch, sich erst einmal zu weigern. Absolutes Unverständnis vortäuschend blieb sie einfach steif mit überkreuzten Armen im Raum stehen.

Mit drei schnellen Schritten war der Hutträger bei ihr. Sein Gesicht war jetzt sehr nahe. Sie konnte seinen unangenehmen Atem riechen. Mit einem gekonnten Griff warf er sie auf die Felle.

Nun erinnerte sie sich daran, wie geschickt und schnell diese Wesen waren. Sie hätte nicht die geringste Chance, sich diesem starken männlichen Exemplar zu widersetzen, deshalb beschloss sie, sich vorerst still zu fügen.

Auf allen Vieren leise schnüffelnd kam er zu ihr gekrochen. Seine tastenden Finger waren bald überall an ihrem Körper. Sie bekam eine Gänsehaut. Zitternd vor Furcht und Ekel presste sie ihre Beine fest zusammen. Jedoch versuchte sie, ruhig zu bleiben, solange ihr von ihm kein Schmerz zugefügt wurde.

Plötzlich näherte er sich ihrem Ohr mit seiner spitzen Nase. Gierig schnupperte er in jede Ritze und Falte ihrer öligen Haut. Schließlich vergrub er, über ihr hockend, sein Gesicht in ihrem goldenen Haar und atmete so heftig, als habe er einen langen anstrengenden Lauf hinter sich. Aurea spürte in diesem Moment seinen großen harten Schwanz an ihrem Oberschenkel. Sie dachte an die Samenspenden der Homomaskulinen. Vielleicht konnte sie dieses Wesen auf die gleiche Art beruhigen, wie Roxi das gemacht hatte?

Mutig griff sie mit der günstig liegenden Hand nach dem seltsamen Anhängsel. Sie hatte das pralle, warm pulsierende, an der Spitze etwas feuchte Geschlechtsteil kaum mit ihren zarten Fingern umfasst, da schreckte der Hutträger auch schon mit einem bösen Aufschrei von ihr zurück. Er erhob sich vom Lager, rief die Alte mit aufgebrachter Stimme herbei und wies unmissverständlich zum Ausgang.

Zügig wurde Aurea von ihr aus der Behausung geführt und wieder den wartenden Weibchen übergeben. Diese brachten sie lachend und immer wieder an ihrem Haar zupfend in eine der umstehenden Hütten.

Befruchtung

Anders als in den Nächten zuvor, die sie in einer Art Bewusstlosigkeit verbracht hatte, konnte Aurea in der folgenden Nacht kein Auge schließen. Sie durchwachte die Zeit auf einem Lager von weichen Fellen in einer mittelgroßen Holzhütte auf der Lichtung. Diese Hütte teilte sie mit einigen der weiblichen Wesen, die sie schon kannte.

Außerdem befand sich noch ein andersartiges Weibchen darunter. Seine Haut war hellbraun. Es hatte dunkle Augen und geflochtenes strohiges schwarzes Haar. Teilnahmslos hockte es auf seinem Lager und schien nicht in der Lage zu sein, irgendwelche Laute zu formen. Wenn es essen oder trinken wollte, benutzte es eindeutige Zeichen und wurde von den Fahlen bedient. Die Hütte verließen sie nur zur Verrichtung der Notdurft und dazu benutzten sie alle den Wald.

Aurea wusste nicht, ob ihr scheinbar ärgerlicher Auftritt vom Vortag, den Hutträger und sein Rudel dazu veranlassen würden, sie zu töten. Vielleicht würden sie sich auch nicht lange zieren, sie als willkommene Mahlzeit zu betrachten. Sie hatte die großen Feuer gesehen und den Geruch gerösteten Fleisches eindeutig identifiziert. Dies waren keine Vegetarier.

Als der Sonnenaufgang die Wesen zu neuer Aktivität weckte, fühlte sie sich nach ihrer sorgenvollen Nacht total zerschlagen. Doch die jungen Weibchen nahmen sie mit zum Fluss. Dort badeten sie alle nackt unter lautem Gejohle. Sie bespritzten sich mit Wasser und tauchten sich gegenseitig mutwillig unter. Es war ein Lachen und Kreischen, wodurch Aurea ihre trüben Gedanken schließlich zur Seite schob, um sich ganz der Körperreinigung und nebenbei der genauen Beobachtung der Wesen zu widmen.

So bemerkte sie, dass das braune Weibchen sich abseits hielt. Es schien, wie sie selbst, nicht zu diesem Rudel zu gehören. Vielleicht war es ja auch entführt worden? Sie würde versuchen, das herauszufinden. Um eine der Frauen aus ihrer eigenen Heimat konnte es sich nicht handeln, da sie, wie alle diese Wesen, nur zwei Augen besaß.

Außerdem trug sie seltsame Schmucknarben auf den Oberarmen und eine auffällige Körperbehaarung. Aurea näherte sich dem Wesen wie unbeabsichtigt, während sie ausgelassen mit Wasser plantschte. Die Braune sah sie verstört an. Das Mädchen lächelte und sagte in sanftem Ton: „Hallo, mein Name ist Aurea. Wie wirst du gerufen?" Dabei deutete sie zuerst auf ihre eigene Brust und dann auf die der anderen.

Aber das scheue Weibchen hatte keine Gelegenheit irgendetwas zu erwidern. Angelockt von Aureas Worten drängten sich die nackten fahlen Weibchen herbei und zupften wieder an ihrem Haar. Einige legten vorsichtig den Zeigefinger auf das blinde Facettenauge. Aurea war froh, dass Proles es abgeschaltet hatte. Sonst hätte die Wesen bei der Berührung ein empfindlicher Schlag getroffen. Das wäre nichts, um die langsam wachsende Zutraulichkeit zu begünstigen. So lächelte sie einfach breit, zu den seltsamen Untersuchungen ihres Körpers, und verfiel bald darin, sie leise und sehr melodisch einzulullen, wie die Mütter es mit kleinen Babys machten.

Das schien den Fahlen so gut zu gefallen, dass sie gar nicht mehr von ihr lassen wollten. Sie versuchten die kleinen Melodien zu wiederholen und brabbelten vergnügt vor sich hin, während sie dem Dorfplatz zustrebten. Dort bekam Aurea sogar ein grobes Beinkleid zur Verhüllung ihres Unterleibes. Sie fragte sich, ob sie damit vielleicht jetzt in das Rudel aufgenommen war?

Sie hatte mit den Weibchen wohl den richtigen Umgangston gefunden. Vielleicht gelang es ihr am Ende doch, solange zu überleben, bis sie einen Ausweg fand?

Vorerst wurden die Braune und sie weitgehend in der Hütte gehalten. Aber die Tür blieb offen, damit ständig jemand nach ihnen schauen konnte. Aurea vermutete auch Neugierde hinter diesem Verhalten. Einige sehr junge Wesen, sowohl männliche als auch weibliche, drückten sich zuweilen in der Öffnung herum und warfen voll Übermut mit Steinchen nach ihnen. Dann wurden sie regelmäßig von ausgewachsenen Exemplaren verscheucht.

Auf dem Dorfplatz herrschte ein reges Treiben. Die Feuer brannten den ganzen Tag lang. Es wurde Jagdbeute herangeschafft, zerlegt und verteilt. Der Geruch von Gebratenem lag in der Luft. Felle wurden bearbeitet und auf hölzerne Vorrichtungen gespannt. Aurea vermutete dies geschah zum Trocknen.

Hätte Proles nur etwas von diesem Wissen über die Bearbeitung von Holz und Tierhäuten gehabt, schoss es ihr durch den Kopf. Und der Gedanke an ihre geliebte Schwester raubte ihr fast den Verstand. Was sollte Proles über ihr plötzliches

Verschwinden denken? Oder hatten die fahlen Jäger sie vielleicht schon vorher getroffen und abgeschlachtet, weil sie so wehrhaft war?

Sie beschloss, an die günstigste Variante zu glauben, nämlich, dass die Schwester inzwischen den Grenzwall erreicht, den Wächterinnen ein umfassendes Geständnis abgelegt hatte, und nun bereits eine große bewaffnete Expedition von Frauen im Urwald nach ihr suchte.

Sie wurde aus ihren Gedanken gerissen, weil zwei Weibchen die Braune abholten. Sie sah ängstlich aus und zitterte, aber es kam kein Laut von ihren Lippen. Ein letzter verzweifelter Blick aus den dunklen Augen traf Aurea ins Herz. Was mochte nun mit dem Wesen geschehen? Führten sie es zur Schlachtbank?

Vorerst schien das jedoch nicht der Fall zu sein. Aurea hatte einen guten Blick auf die Vorgänge auf dem Dorfplatz. Die Braune wurde geschrubbt, geölt und dann mit Bändern am Hals und den Hand- und Fußgelenken geschmückt. Ihr Beinkleid wurde ihr weggenommen, sodass sie nackt war.

Aurea sah jetzt genau, dass sie eine schwarzgelockte Schambehaarung und eine ebenso üppige Achselbehaarung besaß. Die Haare erinnerten sie an die Homomaskulinen. Das musste jedenfalls eine Wilde sein! Vielleicht lebten noch mehr von diesen seltsamen Zweibeinern im Urwald. Sie hatte nie geglaubt, dass es hier so viele Weibchen und auch Jungtiere gab. Wenn sie je wieder nach Hause kam, würde sie vorschlagen, diese Wesen genauer zu erforschen.

Als die Sonne sich gegen den Horizont senkte, wurde es auf dem Dorfplatz laut. Trommeln ertönten, und die Fahlen tanzten im Schein eines großen Feuers. Viele hatten sich mit Blumenkränzen geschmückt. Ihre Körper glänzten von Öl, wodurch die Tätowierungen lebendig hervorsprangen.

Aurea wurde zu einem Fell am Rande des Geschehens geführt, dort saß sie nun am Boden und beobachtete alles. Es entwickelte sich nach und nach eine immer größere Lautstärke durch die Trommelwirbel und die kreischenden stampfenden Wilden, auf deren glitzernder Haut das Feuer unheimliche Reflektionen erzeugte.

Die Braune war nirgends zu sehen. Die alte Deckenträgerin hockte neben dem Hutträger an der anderen Seite des Dorfplatzes auf einem großen Podest, was ihnen eine gute Sicht, auf die Festlichkeiten erlaubte. Das Mädchen konnte die

Gesichter nicht genau erkennen, vermutete aber, dass die Mienen hinter den schwarzen Verzierungen wieder vollkommen unbeweglich waren.

Dann sorgte das Oberhaupt durch Schwenken des Federhutes plötzlich für Stille. Die weiblichen Wesen ließen sich am Rande des Platzes nieder und blickten gespannt in Richtung des Feuers. Dort begannen jetzt die fahlen Maskulinen mit Ringkämpfen.

Aurea war nicht klar, nach welchen Regeln gekämpft wurde, aber es wurden keine Waffen benutzt, und es gab jeweils Sieger, die wieder gegen einander antreten mussten. Zum Schluss blieben drei große Exemplare vor dem Podest des Hutträgers stehen und verneigten sich demütig.

Die Alte stieg zu ihnen herab und hielt jedem eine Art Amulett entgegen, welches sie um ihre fettigen Hälse legten und sich abermals verneigten. Dann reckten sie stolz die Arme empor und drehten sich der johlenden Menge zu. Abermals begann ein wilder Tanz zum Klang der Trommeln.

Nach einer Weile, Aurea hatte schon Kopfschmerzen bekommen, was vielleicht auch an dem sehr süßen Getränk lag, das sie ihr gereicht hatten, erhob sich die Alte, und der Lärm verstummte abrupt. Alle setzten sich wieder an den Rand des Platzes, nur die drei Sieger standen starr und bedrohlich vor dem Podest. Plötzlich trugen zwei starke Männchen die nackte *Braune* auf einem mit Fellen bedeckten Holzgestell in die Nähe des Feuers. Aurea erschrak und starrte wie gebannt auf die unwirkliche Szene.

Die Braune hatte die Augen geöffnet, bewegte sich aber nicht. Nun kam die Alte vom Podest herunter, trat neben das Weibchen fasste ihre schlaffe Hand, tastete nach ihrer Stirn und nickte scheinbar beruhigt. Dann rückte sie den Körper der offensichtlich Willenlosen zurecht, indem sie Arme und Beine so weit nach außen spreizte, dass sie an den Seiten des Holzgestells herunterbaumelten.

Die drei Maskulinen traten jetzt ebenfalls zu der Braunen, einer zu ihren Füßen und die anderen jeweils rechts und links von dem Holzgestell. Unter dem Johlen des Stammes zogen die Kämpfer ihre Beinkleider aus.

Aurea blickte, während absolute Stille einkehrte, auf die mächtigen fahlen Schwänze, die sich waagerecht von den muskulösen Körpern abspreizten. Die Wesen stellten sie äußerst stolz zur Schau, indem sie mit den Hüften kreisende

Bewegungen vollführten und wurden von allen anderen neugierig beäugt. Langsam schritt die Deckenträgerin von einem zum anderen und nahm die erigierten Geschlechtsteile nacheinander prüfend in ihre Hand, dabei wurde sie jeweils von einem Trommelwirbel begleitet.

Sofort erinnerte sich das Mädchen an das Gefühl im Haus des Hutträgers. Sie schauderte für einen Moment, während die Kämpfer sich nun auf das Zeichen des Oberhauptes, nacheinander der Braunen näherten, um jeweils ihr steifes Glied in deren lockige Schambehaarung zu bohren.

Jeder von ihnen bewegte seine Lenden in einer Art einstudiertem Tanz, indem er immer wieder in den Unterleib des Weibchens vorstieß und anschließend das Geschlechtsteil fast ganz zurückzog. Dabei steigerten sie den Rhythmus schnell, bis sie eine beachtliche Geschwindigkeit erreichten.

Aurea beobachtete die muskulösen Körper im Schein des Feuers und musste die gekonnte fast virtuose Geschmeidigkeit bewundern. Es dauerte immer nur wenige Minuten, bis sie sich unter Johlen wieder ganz zurückzogen, ihre Beinkleider anlegten und auf dem Podest an der Seite des Hutträgers Platz nahmen.

Die Alte schob nach jedem vollendeten Akt ihre Hand prüfend zwischen die Schenkel der Braunen und gab sie dann erst für den nächsten Kämpfer frei. Als der letzte seine Aufgabe beendet hatte, wurde das braune Weibchen unter begeistertem Tamtam und in Begleitung der Deckenträgerin fortgetragen.

Das war also ein primitives Befruchtungsritual, dachte Aurea erregt, während Speisen und Getränke unter den Anwesenden verteilt wurden. Die ausgelassene Feier dauerte bis weit in die Nacht hinein. Wahrscheinlich wurde auch Berauschendes genossen, denn die Stimmung steigerte sich gegen Ende zu großer Ausgelassenheit. Aurea konnte sich teilweise der Zudringlichkeit angeheiterter Wesen beiderlei Geschlechts kaum erwehren und war froh, als sie von zwei Weibchen in die Hütte geleitet wurde und auf ihrem Lager endlich Ruhe fand.

Untersuchungen

Die Nacht ging für Aurea sehr schnell in traumlosem Schlaf vorüber. Sie war nach dem anstrengenden langen Tag auf dem weichen Felllager sofort eingeschlafen. Nun zerrten wieder die Hände der Wilden an ihrem müden Körper, um sie zur Nahrungsaufnahme zu nötigen.

Es gab knusprige Brotfladen und einen undefinierbaren Brei aus was auch immer. Das Mädchen knabberte am Fladen und tunkte ihn vorsichtig in den Brei, um wenigstens davon zu kosten. Es schmeckte nach ihr unbekannten Gewürzen oder Kräutern, war aber nicht ekliger, als das Essen, was sie mit Proles im Urwald teilweise zu sich genommen hatte.

Die Weibchen ließen es sich schmecken und fütterten liebevoll die Jungtiere, die allmählich den Brüsten entwöhnt werden sollten. Sie aßen ausnahmslos mit ihren Händen aus Näpfen. Essbesteck schien ihnen unbekannt zu sein.

Die Atmosphäre wirkte friedlich und liebevoll. Die Männchen saßen getrennt von den Weibchen an den Feuern. Aurea beobachtete ihr Verhalten aufmerksam, während sie scheinbar unbedarft und freundlich lächelnd an dem Fladen kaute.

Die Stimmen der Männchen waren lauter und um einiges dunkler als die der weiblichen Wesen, deshalb drangen sie mühelos an ihr Ohr. Sie schienen sich dauernd miteinander zu messen, auch bei so selbstverständlichen Verrichtungen, wie essen und trinken. An ihrem Feuer wurde ständig Fleisch gebraten.

Nach der Morgenmahlzeit verließen die Männchen bis auf einige wenige den Dorfplatz. Sie trugen Waffen mit sich und hatten Schläuche für Trinkwasser umgebunden. Die drei Kämpfer vom Tag vorher waren an den Amuletten zu erkennen und schienen eine Art Sonderstellung zu genießen, weil ihnen bei allem der Vortritt gelassen wurde. Der Hutträger und die Deckenträgerin waren nicht zu sehen. Ebenso vermisste Aurea die Braune. Ob sie den Befruchtungsritus nicht überlebt hatte?

Jedoch sollte sich ihre Befürchtung glücklicherweise nicht bestätigen. Als Aurea und ihre Mitbewohnerinnen von einem gemeinsamen Ausflug in den Wald zurückkehrten - sie hatten dort geflochtene Körbe mit Pilzen gefüllt - saß die Braune völlig unversehrt vor einer Hütte und wurde von zwei anderen Weibchen mit Essen versorgt.

Dem Mädchen fiel sofort auf, dass die beiden trächtig waren. Sie trugen ihre prallen Bäuche stolz vor sich her und auch die Brüste schienen größer, als bei den übrigen Weibchen. Später gesellten sich noch drei weitere trächtige Wesen dazu. Deren Niederkunft schien aber angesichts der geringeren Wölbungen noch nicht so nah bevor zu stehen.

Aurea war sehr glücklich darüber, dass sie so viel über die Tierwelt gelernt hatte. Nun machte es ihr Freude, an diesem Ort viele theoretische Kenntnisse in der Natur wiederzuentdecken. Sie versuchte außerdem, die einfache Kommunikation der Wesen zu durchschauen. Eine komplizierte Sprache schienen sie nicht zu haben. Daher hatte sie die Hoffnung, sich bald mit den Fahlen irgendwie verständigen zu können.

Als die Sonne den Zenit schon einige Zeit überschritten hatte, und Aurea die sie umgebenden Weibchen mit Liedern aus ihren Kleinmädchenerinnerungen unterhielt, erschien die Deckenträgerin, flankiert von zwei furchterregenden Männchen.

Die Weibchen hielten in ihren fleißigen handwerklichen Tätigkeiten für einen Moment inne und sahen die drei erwartungsvoll an. Die Deckenträgerin betrachtete Aurea streng und schleuderte ihr einen ebensolchen Befehl entgegen, den sie natürlich nicht wirklich verstand. Anhand des Tonfalls und der Gestik der Alten wusste sie jedoch sofort, eine Weigerung ihrerseits wäre zwecklos, egal was von ihr verlangt wurde.

Sie hoffte, von ihrem Gefühl, das die Wesen eher freundlich einschätzte, nicht getäuscht zu werden. Also erhob sie sich freiwillig und ging möglichst entspannt auf die Deckenträgerin zu. Diese zeigte sofort ein zahnloses Lächeln und nahm sie bei der Hand, um sie mit sich fortzuführen. Sollte etwa ein weiteres Rendezvous mit dem Hutträger anstehen?

Doch zu ihrer Erleichterung wurde sie in die Hütte geführt, vor der die Braune inmitten der trächtigen Weibchen hockte. Auch sie waren alle mit dem Flechten von Körben, der Herstellung von Kleidung, dem Glätten von Holzgeräten oder dem Knüpfen von bunten Schmuckbändern beschäftigt und ließen sich nicht bei der Arbeit stören.

Im Innern der Hütte war es dämmrig, weil das Tageslicht weitgehend nur durch die Türöffnung fiel. Diese Öffnung wurde jedoch von der Alten geschlossen. Die beiden Maskulinen durften glücklicherweise nicht mit hinein. Aurea war nun völlig mit der Deckenträgerin allein, was sie ein wenig beruhigte. Nur durch die Ritzen zwischen den verarbeiteten Baumstämmen fiel etwas Licht. Die Alte nötigte sie, sich zu entkleiden und auf ein Felllager zu knien.

Das Mädchen tat ihr den Gefallen, weil sie schon mit Schlimmerem gerechnet hatte. Es ging wohl wieder um eine Begutachtung ihres Körpers. So blieb sie erst einmal ganz ruhig, als sie die tastenden Hände auf ihrer Haut spürte.

Die fahle Alte interessierte sich offensichtlich besonders für ihren Unterleib. Vorsichtig fühlte sie sogar ihren Scheideneingang ab. Dabei hatte sie aber ihre Finger mit Öl oder anderem Fett glatt und geschmeidig gemacht, so dass Aurea bei der genitalen Untersuchung keinen Schmerz verspürte. Schließlich tastete sie nach ihren Brüsten und ihrem Bauch. Danach gab sie ein zufriedenes Grunzen von sich und zog das verstörte Mädchen von dem Lager hoch.

Aurea durfte das Beinkleid wieder anlegen. Dann öffnete die Alte die Tür und führte sie in Richtung des Lichtes. Hier betrachtete sie eingehend das Facettenauge des Mädchens und schließlich auch das funktionslose MFA. Sie versuchte es von ihrem Arm zu lösen, musste aber schon sehr schnell einsehen, dass dies nicht durchführbar war.

Das moderne intelligente Material der MFA passte sich dem Körper vollkommen an, ja ging mit der Hautoberfläche eine bleibende Verbindung ein. Aurea bemerkte wie es hinter der runzligen Stirn arbeitete. Das Wesen blickte sie fragend an, erkannte aber wohl bald, eine Kommunikation, die diese Sachlage klären konnte, lag mit der Fremden nicht im Bereich des Möglichen.

Dann riss sie kurzerhand aus ein paar Lappen, die am Boden der Hütte lagen, zwei große Streifen und wand sie um Aureas Stirn sowie um das Handgelenk mit dem MFA. Die beiden auffälligen Merkmale, die sie von den Weibchen des Rudels unterschieden, waren damit verdeckt.

Nur ihr goldenes Haar wies sie jetzt noch als Aurea aus, die einzige Tochter der Anima, zugehörig zur Gesellschaft der Frauen in Nachfolge der heiligen Urmutter.

Petitionen (Ein Jahr später)

„Meinst du nicht, dass es Sinn machte, eine Petition für Roxi zu organisieren? Ich kann die Vorstellung nicht ertragen, dass sie zu einem Eisblock erstarrt einen großen Teil ihres Lebens versäumt. Gerade weil sie doch das pralle Leben personifizierte." Anima blickte betrübt in ihr Trinkgefäß.

„Es gibt sicher einige Frauen, die eine Petition aus alter Freundschaft oder Loyalität unterstützen würden. Außerdem könnten wir ihre jahrelange gute Arbeit für unsere Gesellschaft in die Waagschale werfen. Angesichts der Tatsache, dass ihre geliebte Tochter bis heute unauffindbar ist, vielleicht sogar in der Wildnis getötet wurde, ist Roxi wirklich genug bestraft. Und die Frucht der Sünde – wenn wir es mal so nennen wollen – existiert dadurch nicht mehr", überlegte Pok laut und sah die andere Frau traurig an.

Anima begann zu schluchzen. Sie musste an ihre Tochter Aurea denken, die ebenfalls als verschollen galt. Alle Versuche seitens der Wächterinnen, das Mädchen in der Nähe des Grenzwalls zu finden oder ihr MFA zu orten, waren vergeblich gewesen, aber ihre Mutter weigerte sich standhaft, den Verlust zu akzeptieren.

„Wir könnten doch selbst aktiv werden. Es müsste irgendwie möglich sein, eine private wissenschaftliche Expedition in den Urwald zu organisieren. Gibt es nicht bestimmte Wissenschaftlerinnen, die sich mit den unzivilisierten Gebieten beschäftigen?" Anima konnte von diesem Gedanken einfach nicht loskommen. Sie wurde noch immer von dem drängenden Gefühl beherrscht, dass ihre Tochter lebte und auf Rettung wartete.

„Ja, natürlich gibt es da auch Forschung. Ist aber ähnlich geheim wie die von Roxi mit den Homomaskulinen. Ich kenne eine Frau von der Universität, die sich damit befasst. Natürlich müsste das alles informell laufen. Ich glaube kaum, dass eine von uns jemals die offizielle Erlaubnis für eine solche Expedition bekäme. Und stell dir vor, was passiert, wenn ich in der Zeit meiner Bewährungsstrafe in eine solche Sache verwickelt würde", gab die zarte Ärztin mit sehr leiser Stimme zu bedenken.

Sie war seit ihrem Hausarrest noch dünner geworden und wirkte ohne ihre geliebte Arbeit etwas depressiv.

„Selbstverständlich möchte ich dich nicht in weitere Schwierigkeiten bringen. Aber immerhin wäre Aurea ohne Proles bestimmt nicht verschwunden. Ihr ward es, die meine Tochter und mich in diese Situation brachtet", klagte Anima weiter und schüttete etwas Süßungsmittel in das warme Getränk.

„Na, ich denke nicht, dass ich hier in meiner Wohnung solche Dinge besprechen sollte. Du weißt, wie streng ich kontrolliert werde", Pok blickte vielsagend von einer Ecke zur anderen. Die Wächterinnen, die sich regelmäßig ablösten, blieben zwar draußen vor der Wohnungstür, aber sie schienen Überwachungsgeräte installiert zu haben.

Anima nickte nur still und ergriff die Hand der anderen Frau, um sie eine Weile freundschaftlich in ihrer zu halten. Sie konnte verstehen, was Roxi an ihr geliebt hatte. Und ihr tat die intelligente warmherzige Ärztin außerordentlich leid.

So saßen sie noch eine Weile zusammen mit dem Versuch, sich möglichst unbefangen zu unterhalten. In Anima reifte der Gedanke, dass sie nicht nur für Roxi eine Petition bewirken musste, sondern vielmehr für Pok, die nur aus Liebe in diese belastende Situation geschlittert war. Ein ganzes Jahr abgeschnitten von der Gesellschaft und das Berufsverbot waren eindeutig Strafe genug für diese sensible Frau.

„Ich muss jetzt gehen, Pok. Es warten ein paar wichtige Arbeiten auf mich. Langsam fasse ich wieder Fuß im Institut, wenn ich auch nicht mehr in meine alte Position zurück gelangen werde. Aber ich verspreche, mich wieder bei dir zu melden. Wir könnten uns ja zwischendurch mal miteinander vernetzen, wenn es dir erlaubt ist."

Anima nahm die Jüngere freundschaftlich in den Arm und flüsterte ihr dabei unauffällig ins Ohr: „Ich werde versuchen eine Möglichkeit zu finden, damit wir die Dinge klären können."

Vom Institut aus setzte Anima alles in Bewegung, um die Petitionen für die beiden verurteilten Frauen in die Wege zu leiten. Nachdem die juristischen Voraussetzungen geklärt waren, hatte sie mit der Aufgabe zu kämpfen, möglichst viele Befürworterinnen in der Gesellschaft der Frauen zu finden.

Sie wandte sich zunächst mit einem Aufruf an alle Wissenschaftlerinnen und die Mitarbeiterinnen in den verschiedenen Institutionen, sowie der Universität. Bei vielen von ihnen waren die beiden Frauen bekannt und gewiss auch beliebt gewesen. Einige würden die Petitionen vielleicht auch unterstützen, weil sie von Anima initiiert und detailliert begründet waren.

Gegen Abend fühlte sich die Wissenschaftlerin vor Erschöpfung ausgelaugt. Die Aktion hatte viel Mühe und einiges Fingerspitzengefühl von ihr verlangt. Aber weit mehr strengte die emotionale Seite sie an. Sie kämpfte immer noch mit den Gewissensbissen ihrer ehemaligen Lebensgefährtin gegenüber, die nun nach ihrer belastenden Aussage schon ein Jahr bewusstlos im Eis ruhte.

Vielleicht war sie selbst auch nicht ganz unschuldig an der Tatsache, dass ihre Tochter Aurea von Proles in den Urwald entführt wurde. Zumindest hatte sie sich in der letzten Zeit vor dem Verschwinden der Mädchen, wenig um die Kleine gekümmert, während sie mit sich und ihren lächerlichen Beziehungsproblemen beschäftigt gewesen war.

Sie hüllte sich in ein federleichtes wärmendes Cape und begab sich zu ihrem Gleiter, der sie in ihr leeres Haus am Stadtrand zurückbrachte. Die Robos hatten bereits alles zu ihrer Zufriedenheit vorbereitet. So nahm sie zunächst ein heißes Bad und setzte sich dann zum Abendessen an die gedeckte Tafel. Im Hintergrund spielte ihre Lieblingsmusik und dazu passend flimmerte eine zarte Lichtillumination durch den Raum. Sie hätte zufrieden sein sollen. Der Ort hatte Stil und strahlte ruhige Wärme aus. Sie wurde umsorgt und gepflegt.

Aber sie fühlte sich so schrecklich allein.

Im selben Augenblick sah sie etwas auf sich zu huschen. Largiri landete mit einem Satz auf dem Tisch zwischen dem Geschirr.

„Du böse kleine Katze!", schimpfte Anima, musste aber im selben Moment lachen, als das Tierchen den Kopf zur Seite neigte und sie bettelnd anblickte. Sanft fasste sie die Katze im Nacken und beförderte sie auf ihren Schoß.

„Dir kann wohl niemand lange böse sein, nicht wahr, Largiri?" Während sie das lila Fell kraulte, sprach die Frau lange mit dem Haustier ihrer verschollenen Tochter, als sei es ein mit Verstand gesegnetes Wesen.

Bevor sie sich zur Nachtruhe begab, suchte Anima wie jeden Abend Aureas Zimmer auf. Sie setzte Largiri in ihre Schlafhöhle und sah sich dann in dem Raum um. Regelmäßig schaute sie sich die kleinen Kostbarkeiten an, die Aurea in dem gläsernen Kasten aufbewahrte. Oder sie spielte erfundene Melodien auf den vielfältigen Musikinstrumenten, an denen die Tochter eine große Freude gehabt hatte.

Heute legte sie sich auch kurz auf das Lager, um den Duft ihres kleinen Mädchens noch zu erahnen. Sie hatte den Robos verboten in dem Zimmer irgendetwas zu verändern, aber nach einem traurigen langen Jahr waren manche Erinnerungen nur noch schwer lebendig zu halten.

Sie trug täglich innere Kämpfe mit ihrem Erinnerungsvermögen aus. Oft betrachtete sie dann die Aufzeichnungen, die sie von verschiedenen Anlässen gemacht hatten. Sie konnte sich lebensechte Situationen aus der Vergangenheit vorspielen lassen.

Aber Aurea hatte diese Art Aufnahmen leider je älter sie wurde abgelehnt. Sie war darin ein wenig scheu geworden, und Anima hatte aus Verständnis in der letzten Zeit fast ganz darauf verzichtet. Die jüngste Aufnahme zeigte die neue Familie beim Einzug. Proles machte darauf blöde Faxen und Aurea wirkte teils amüsiert und teils genervt. Sie war längst nicht mehr das kleine

Mädchen, das seine Mutter so abgöttisch verehrt hatte.

Da waren die Abspeicherungen der Kleinmädchenzeit für Anima dann doch schöner. Sie schaute sich immer und immer wieder an, wie Aurea laufen gelernt hatte oder selbst in ihrem Essen herumfingerte. Der Robo stand geduldig daneben und beseitigte jegliches Malheur.

Leichte Neidgefühle stiegen immer in ihr auf, wenn Lenis, die liebevolle Kinderfrau, mit ihrer Kleinen zu sehen war. Sie hatte in Aureas ersten Lebensjahren zwangsläufig die meiste Zeit mit ihr verbracht.

Auch der einzige Urlaub, den Mutter und Tochter jemals gemacht hatten, war in Ausschnitten festgehalten worden. Aurea buddelte am Sandstrand und plantschte mit einem niedlichen Badedress im seichten blauen Meer.

Anima erinnerte sich besonders lebhaft an diesen Urlaub, weil sie damals in eine fröhliche sehr üppige Blondine verliebt gewesen war, die in der Unterkunft als Empfangsdame gearbeitet hatte.

Die kostbaren Erinnerungen vermischten sich im Kopf der Frau zu seltsamen Formen, die sie endlich einschlummern ließen, sanft umhüllt von den Decken ihrer Tochter, die zu ihrem Leidwesen deren typischen Jungmädchengeruch inzwischen verloren hatten.

Mutterfreuden

Aurea erwachte von einem leisen Quengeln. Verschlafen rieb sie sich die Augen und blinzelte für einen Moment in die nächtliche Dunkelheit der Hütte. Dann hatte sie die neue Situation wieder erfasst.

Fürsorglich tastete sie nach dem kleinen strampelnden Wesen an ihrer Seite. Sie streichelte die samtweiche Haut und befühlte das zierliche Köpfchen mit dem seidigen dünnen Haar. Ein warmes Gefühl von unendlicher Liebe durchströmte ihren Körper, als die winzigen Fingerchen ihrer neugeborenen Tochter nach ihr zu greifen versuchten. Ihre Brüste schwollen an und sie bemerkte, wie die Milch sich bereits in zwei warmen Bächlein über ihren nackten Bauch ergoss.

Ganz vorsichtig mit unendlicher Zärtlichkeit griff sie nach der Kleinen und legte sie an, wie es ihr die alte Mutter gezeigt hatte. Ihre Tochter saugte sich sofort an der Brustwarze fest und nuckelte kräftig. Sie war vollkommen gesund und hatte ein normales Gewicht. Die Alte kannte sich damit sehr gut aus, und Aurea vertraute ihr.

Während der Geburt, vor mehreren Tagen, waren ihr zwar Zweifel gekommen, ob sie diese Tortur überleben würde, aber das war den anderen Weibern des Stammes, die vor ihr niedergekommen waren, nicht anders gegangen.

Seit Aurea sich bei dem Stamm der Fahlen befand, musste keine der Gebärenden sterben, was der alten Mutter zu verdanken war. Jede einzelne Geburt wurde groß gefeiert, denn gesunde Nachkommen waren das wichtigste für die ganze Gemeinschaft.

Während die Kleine sich an ihrer Milch stärkte, ließ Aurea ganz entspannt die Zeit beim Stamm der Fahlen in ihrem Geiste vorbeiziehen.

Zu Anfang waren ihr die Sitten und Gebräuche noch fremd gewesen, genauso wie die Sprache. Sie hatte aber bald erkannt, wie sie bei freundlicher Kooperation einige Vorteile genießen und ihr Überleben sichern konnte. So gab sie sich alle Mühe, die Verständigung zu verbessern, was ihr auch ziemlich schnell gelang.

Die Fahlen, die sich „das neue Volk" nannten, benutzten einfache Wörter und verknüpften sie zu kurzen Sätzen. Die Schwierigkeit bestand darin, die richtige Betonung der Begriffe zu treffen, da sich dadurch oft die Bedeutung änderte. Außerdem gab es eine fast undurchschaubare Vielfalt an Gesten und unterstützendem Mienenspiel. Darin war Aurea leider noch immer ziemliche Anfängerin. Vielleicht musste eine Frau hier geboren sein, um die Kommunikation der Stammesmitglieder völlig korrekt zu beherrschen. Sie beruhigte sich im Augenblick damit, dass sie ja täglich hinzulernte.

Bevor sie schwanger geworden war, hatte sie noch ständig unter der Angst gelitten, eines Tages getötet zu werden. Doch die alte Mutter hatte sie aufmerksam überwacht und irgendwann den richtigen Zeitpunkt für eine Befruchtung herausgefunden. Dann war es Aurea so ergangen wie der Braunen. An die Zeremonie selbst hatte sie keinerlei Erinnerung, da auch sie mit einem speziellen Kraut bewusstlos gemacht worden war. Wenn sie jetzt an diesen Tag dachte, traten ihr wieder Tränen in die Augen und ihr Unterleib verkrampfte sich schmerzhaft.

Sie hatte in den ersten Wochen bereits soviel von der Sprache gelernt, um damals sehr wohl zu verstehen, was der Stamm mit ihr vorhatte. Sie wusste, dieser spezielle Ritus wurde nur bei der

ersten Schwangerschaft der jungen Weiber voll-
zogen. Später wählten die sich selbst einen der
Jäger für ihre Befruchtung. Und dann ging es
eher unspektakulär zu.

Sie selbst hatte schon verschiedentlich Paare bei
der ungenierten Kopulation am Fluss oder im
Wald beobachtet. Noch immer konnte sie nicht
begreifen, warum sich die Weiber freiwillig auf
diese Aktionen einließen. Die großen harten Penisse hatten bei ihr eine Art schmerzender Wun-
de hinterlassen, die sie damals nur mit der Unterstützung durch die alte Mutter und Anwen-
dung ihrer Heilsalbe nach und nach wieder vergessen konnte.

Als sie am Tag nach dem Ritual mit einem zie-
henden Schmerz im Unterleib zwischen den bereits Schwangeren am Feuer hockte, hatte sie die
drei Kämpfer in stolzer Haltung vorüberschreiten
sehen. Sie hatten im Kampf die Gunst errungen,
Aureas Tochter zu zeugen und sonnten sich offensichtlich darin.

Die Alte versuchte ihr mit reicher Gestik zu erklären, warum das Ritual für den Stamm gut und
notwendig war. Aber sie fühlte sich trotzdem
missbraucht und benutzt. Sie konnte diese drei
Wilden nur verachten. Auch wenn sie eine wun-

derschöne Tochter gezeugt hatten und am Tag danach vom gesamten Stamm wie Könige hofiert wurden.

„Tochter der Sonne", flüsterte Aurea andächtig. Sie wollte ihre Kleine nicht beim Trinken stören. Inzwischen hatte die sich ihre zweite Brust vorgenommen und schien unersättlich zu sein. Die Brustwarzen wurden schon etwas unempfindlicher, wie die alte Mutter es ihr prophezeit hatte. So gelang es der jungen Frau, sich tatsächlich beim Stillen des Töchterchens zunehmend zu entspannen und ihren Gedanken nachzuhängen.

Die Weiber, welche die Hütte mit ihr teilten, waren durchweg junge Mütter. Auch die Braune befand sich unter ihnen. Sobald Aurea niedergekommen war, hatte die Alte sie einer anderen Wohngemeinschaft zugewiesen.

Aurea verstand das einfache Prinzip. Die Hütten wurden immer von Stammesmitgliedern desselben Geschlechtes geteilt, die sich in vergleichbaren Lebenssituationen befanden. Bei den weiblichen Mitgliedern richtete sich die Hüttenzugehörigkeit sowohl nach dem Alter als auch nach dem Stand. War ein Weibchen jung und noch nicht geschwängert, teilte es die Hütte mit seinesgleichen.

Die älteren Weiber, und vor allen die alte Mutter, richteten ständig ihr Augenmerk auf die Halbwüchsigen. Sie wurden manches Mal zur Ordnung gerufen, wenn sie in ihrer Albernheit über die Strenge schlugen oder die ihnen zugeteilten Arbeiten nicht ordentlich versahen. Sonst waren sie aber weitgehend sich selbst überlassen und hatten vor allem keinerlei Kontakt zum anderen Geschlecht.

Die männlichen Mitglieder bewohnten eigene Hütten in der anderen Dorfhälfte. Junge Männer lebten, nachdem sie der Mutterbrust vollkommen entwöhnt waren, also mit ungefähr fünf Jahren, in einer gemeinsamen Hütte und wurden dort weitgehend nur noch von den älteren männlichen Stammesmitgliedern betreut. Sie mussten sich an das Jagen, Schlachten und Braten des Fleisches am Feuer gewöhnen, sowie an den Kampf.

Dies alles ging weitgehend spielerisch und machte den Kleinen immer viel Spaß, wie Aurea aus gebührender Entfernung oft beobachtet hatte. Außerdem hielt der Stamm einige domestizierte Tiere auf eingezäunten Flächen am Dorfrand. Dazu gehörten vor allem Hühner, Ziegen und Schafe. Dieses Vieh sorgte für Eier, Federn, Milch und Wolle. Es wurde soweit Aurea bekannt war nur im Notfall geschlachtet und stand weitgehend unter der Obhut der Jungen.

Aurea hatte in diesem Jahr, welches sie unfreiwillig in dem primitiven Dorf im Urwald verbrachte, vieles über den wilden Stamm der Fahlen gelernt. Ihr Interesse an diesen fremden Wesen hatte dazu beigetragen, dass sie sie - trotz ihrer eigenen Ängste - aufmerksam beobachtete und mit wissenschaftlicher Akribie studierte.

Sie war inzwischen zu dem Schluss gekommen, sie als den Frauen ebenbürtige Wesen einzuordnen. Zwar lebten sie vollkommen anders als die Frauen in der fortschrittlichen Gesellschaft, in die sie selbst hineingeboren worden war, aber sie zeigten ähnliche Regungen, lachten, sangen, weinten, liebten sich und sorgten füreinander.

Der beste sichtbare Beweis war der kleine Sonnenschein an ihrer Brust. Die Fahlen konnten mit Frauen gemeinsame Nachkommen zeugen! Das war nur möglich unter gleichen Arten, soviel hatte sie immerhin noch aus dem Schulunterricht behalten. Vieles andere, was sie einst als so wichtig abspeicherte, hatte sich hier im Urwald ohne jegliche Relevanz erwiesen und geriet, mangels eines funktionierenden MFA, allmählich in Vergessenheit.

Ihre Tochter ließ, nun gesättigt, von der Mutterbrust ab. Aurea stand vom Lager auf, um die Kleine, nach Vorbild der anderen Mütter, ein wenig herumzutragen, damit die Luft, die beim Nuckeln in den kleinen Magen gelangt war, mühelos entweichen konnte. Sie schmiegte sich an das zarte Wesen, das so sehr ein Teil von ihr war, wie sonst nichts auf dieser Welt.

Immer wieder wollten ihre Lippen die weiche warme Haut berühren. Schließlich entwich die Luft in einem vernehmlichen Rülpser, und die Kleine schlummerte sofort wieder an ihrer nackten Schulter ein. Lautlos schlich Aurea in der Dunkelheit zu ihrem Lager zurück, bettete ihren Liebling sanft auf den warmen Fellen und legte sich ganz vorsichtig neben ihre Tochter. Sie lauschte noch eine Weile auf die gleichmäßigen Atemzüge der Mitbewohnerinnen, deren Babys bereits fast jede Nacht durchschliefen, und glitt mit einem Lächeln wieder in das Land der Träume.

Geburtstagsfeierlichkeiten

Es war *der* Tag ihrer kleinen Tochter.

Aurea wachte schon mit diesem Gedanken auf. Die *kleine Sonne* schlief noch friedlich neben ihr, obwohl sich in der dämmrigen Hütte bereits das Leben regte.

Sie wird offenbar keine Frühaufsteherin werden, dachte die junge Mutter bei sich, während sie ihren selig schlummernden Liebling interessiert betrachtete. Die Haut der Kleinen war sehr hell, wahrscheinlich ein Erbe ihrer Väter. Sonst hatte sie aber viel Ähnlichkeit mit Aurea. Das rosa Mündchen nuckelte im Schlaf, und die zarten blonden Härchen standen etwas verschwitzt vom wohlgeformten Köpfchen ab.

Besonders niedlich erschienen ihr die winzigen elegant geschwungenen Ohrmuscheln. Sie konnte sich daran nicht sattsehen. Für sie wurde das Mädchen mit jedem Tag schöner, und es gab immer Neues an ihm zu entdecken.

Die Braune hatte bereits ihren Kleinen im Arm und stillte ihn. Er war ungefähr drei Monate älter als die *Tochter der Sonne* und wurde *Rache der Götter* genannt.

Die Namen erhielten die Kleinen bei der Geburt von der alten Mutter. Sie pflegte sich, nachdem sie den anstrengenden Teil der Entbindung hinter sich gebracht hatte, bei einem besonderen Kräutertee zu entspannen. Nach einiger Zeit fiel sie in eine Art Trance und „erfuhr" von den Göttern den Namen des Neugeborenen.

Es wäre niemandem eingefallen, an der Wahl der Alten etwas auszusetzen. Jedoch wurden diese Namen im täglichen Leben sehr oft abgekürzt oder bis zur Unkenntlichkeit verstümmelt. Die Braune war allerdings stumm geblieben, und so hatte sie ihren Kleinen noch nie bei seinem Namen gerufen. Die anderen Weiber nannten ihn einfach *Rache*. Aurea kürzte den Namen ihrer Tochter schlicht *Sonne* ab. Und weil es ihr passender erschien, fügte sie für sich meistens *kleine* hinzu.

Die drei anderen Mütter hatten ihre Babys bereits gestillt und begaben sich nun schwatzend vor die Hütte, um sich mit der Körperpflege der Säuglinge zu beschäftigen. Die Kleinen ließen sich die Prozedur nicht immer ohne Geschrei gefallen, deshalb wurde auch die *kleine Sonne* nun von den Geräuschen und dem einfallenden Tageslicht langsam munter. Ihre Mutter nährte sie in aller Ruhe und Geborgenheit und gesellte sich dann zu den anderen, um sich noch einiges abzuschauen, was sie bei der Säuglingspflege beachten musste.

Zwar waren die Gewebe, aus denen Tücher und Kleidung gemacht wurden, im Vergleich zu den wunderbar leichten Stoffen, die Aurea früher wie eine zweite Haut getragen hatte, eher grob und kratzig, aber sie erfüllten ohne Zweifel ihren Zweck. Es gab sogar warme Winterkleidung und Fellstiefel, wenngleich der Winter, der hinter ihnen lag, keineswegs streng gewesen war. Sie musste weder in der leichten Kleidung noch in der Schlafhütte jemals frieren. Die Temperaturen waren niemals in die Nähe des Gefrierpunktes gesunken, und es hatte auch nur moderat geregnet.

Sie wusste aus dem ehemaligen Schulunterricht, dass die seit Jahrtausenden anhaltende Klimaerwärmung diese hochliegende Region in eine sehr angenehme fruchtbare Zone verwandelt hatte. Die Vielfalt der Pflanzen- und Tierwelt des wilden

Gebietes hatte eine Faszination, der sich die junge Frau nicht entziehen konnte.

Für die Pflege der zarten Säuglingshaut hätte sie sich nun zwar etwas feineres Material gewünscht, wie die Pflegetücher zuhause in ihrem ehemaligen sorgenfreien Leben, aber sie musste damit vorlieb nehmen, was hier vorhanden war. Und es schien den Kleinen nicht zu schaden, da sie ausnahmslos sehr gut gediehen.

Die alte Mutter kam jetzt von ihrer Hütte heran geschlurft und brachte wunderbar duftende Salben mit, die die jungen Mütter nach der Reinigung auf die Babyhaut auftragen sollten. Der *kleinen Sonne* gefiel es sehr, so von den streichelnden Händen ihrer liebevollen Mutter gesalbt zu werden. Sie zeigte Aurea ein zahnloses Lächeln und strampelte vergnügt mit den strammen Beinchen.

Nach der Pflege wurden die Säuglinge immer in große Tragetücher gepackt und von den Müttern vor die Brust gebunden. Da die Brüste nackt waren, konnten die Kleinen so jederzeit nuckeln, wenn sie der Hunger oder Durst aufweckte. Die jungen Weiber waren sehr geschickt darin, sich trotz der süßen Last, ihrer Arbeit zu widmen. Und Aurea versuchte es ihnen gleichzutun.

Schließlich gab es viel vorzubereiten für die große Geburtstagsfeier ihrer Tochter. Die Weiber flochten Schmuckbänder und fertigten sonstige traditionelle Dekorationen aus natürlichen teils mit Pflanzenfarben behandelten Materialien. Außerdem musste das Festmahl zubereitet werden. Die Jäger hatten bereits große Mengen Fleisch angeschleppt und begannen mit dem Zerlegen.

Zwischen allen Aktivitäten wuselten die jüngsten Stammesmitglieder umher. Sie spielten und balgten miteinander oder halfen den Erwachsenen freiwillig bei ihren Arbeiten.

Es war ein friedliches Bild, was sich Aurea bot. Niemals hatte sie gesehen, wie die Stammesmitglieder echte Aggressionen gegeneinander gezeigt hätten. Weiber und Kinder wurden von den stärkeren Jägern nicht bedroht oder gar geschlagen. Die Kleinen wurden durch die natürliche Autorität der Älteren in Schach gehalten. Und die erwachsenen Männer hoffierten die Weiber, sobald sie abgestillt hatten, weil die sich ihre Partner für die Kopulation frei auswählen durften.

Ältere Stammesmitglieder wurden liebevoll versorgt, gefüttert und betreut, solange sie lebten.

Für Verstorbene veranstalteten sie ein großes Abschiedsfest, bei dem der Leichnam abseits des Dorfes einem riesigen Feuer übergeben wurde.

Am heutigen Tag sollte ihre Tochter als neues Stammesmitglied willkommen geheißen werden. Da war Aurea eine gewisse Aufgeregtheit nicht zu verdenken. Sie hatte schon zwei solcher Feste miterlebt aber natürlich dabei nicht im Mittelpunkt gestanden. Jetzt brachten ihr einige ältere Weiber die besonderen Gewänder für die Zeremonie.

Sie musste sich und ihr Töchterchen in bunte Tücher hüllen und Arme und Beine mit Bändern verzieren. Außerdem wurde wieder jede Menge duftendes Öl auf ihrer Haut verteilt. Die anderen Weiber schmückten sich ebenfalls und schwatzten in freudiger Erwartung um die Wette.

Da die Unterhaltungen im Dorf inhaltlich meist nicht besonders anspruchsvoll waren, konnte Aurea sie schon mühelos mitverfolgen. Es ging, wie immer vor den Festen, um Klatsch und Tratsch, sowie um die Schönheit der Weiblichkeit und die maskuline Attraktivität der Jäger, die jenseits des Dorfplatzes an den Feuern beschäftigt waren. Die kunstvollen Tätowierungen, die neben gleichartigen traditionellen Mustern auch sehr individuelle, teils aus den Namen oder den Verdiensten der Männer und Weiber abgeleitete enthielten, wurden immer wieder aufs Neue begutachtet.

Unter den Stammesmitgliedern beiderlei Geschlechts bestanden gewisse Rangordnungen. Da alle sehr eng miteinander lebten und es keine Privatsphäre gab, blieben die Stärken und Schwächen jedes Einzelnen nicht verborgen. Also wurden die starken Kämpfer oder erfolgreichen Jäger besonders bewundert und gern als sexuelle Partner gewählt. Ebenso erging es den handwerklich geschicktesten oder den körperlich reizvollsten Weibern.

Auch die alte Mutter, die eigentlich den Namen *Duft der Kräuter* führte, scharte eine Gruppe von erfahrenen, hoch angesehenen Weibern um sich, die besonders kundig in Krankenpflege und Heilung waren. Aus diesen würde sie einmal ihre Nachfolgerin erwählen.

Als die Sonne sich nach Westen neigte, wurden Aurea und ihr Töchterchen von der Alten abgeholt und zu dem Stammesoberhaupt gebracht. Sie durften zwischen den beiden auf dem üblichen Podest hocken und die Tänze der jungen

Weiber und Männer zum Klang der Trommeln und seltsamen Blasinstrumenten verfolgen.

Die *kleine Sonne* hatte ein friedliches Gemüt und schmiegte sich unter den bunten Tüchern ruhig an die nackte Brust ihrer Mutter, während die Musik eine kaum zu ertragende Intensität erreichte und die ölig glänzenden Körper gespenstisch um das Feuer wirbelten.

Auf ein Zeichen von *Federhaupt* kehrte Ruhe ein. Es bildete sich sofort eine Gasse, durch die Aurea mit ihrem Baby zum Feuer schritt. Wie sie es bereits kannte, legte sie die Kleine vorsichtig auf ein Lager aus Fellen. Dann beugte sich der Tätowierer des Stammes, ein zierlicher äußerst beweglicher älterer Jäger über das Mädchen. Er trug den Namen *Tanz des Vogels*. Aurea wusste, wie geschickt er mit seinen Händen war. Beim Tanz hob er sich durch einen Körper hervor, der in der Lage war, sich unnatürlich zu verbiegen.

Jetzt stach er mit unglaublicher Geschwindigkeit und sicherer Präzision eine winzige Sonne auf den Oberarm des Babys. Als die Kleine den Schmerz bemerkte und zu wimmern begann, war alles schon überstanden. Die alte Mutter begutachtete die Tätowierung, behandelte sie kurz mit einer Tinktur, nahm die *Tochter der Sonne* hoch und trug sie mit erhobenen Armen einmal ums Feuer. Der Stamm jubelte ihr in seltsam gurgelnden Lauten zu. Aurea schritt hinter den beiden und beobachtete ängstlich die Frucht ihres Leibes, die durch den ohrenbetäubenden Jubel abgelenkt das Klagen umgehend eingestellt hatte.

Dann wurde das Baby der Mutter wieder übergeben, und Aurea ließ sich mit ihr im Kreise der anderen Weiber nieder. Alle brachten nun ihre Begrüßungsgaben für die *kleine Sonne*. Es häuften sich die zierlichen Schnitzereien und bunten Handarbeiten. Aber es gab auch getrocknete Früchte und selbsthergestellte Süßigkeiten aus kostbarem gesammeltem Honig in liebevoll geflochtenen Körbchen. Aurea war zu Tränen gerührt. Die Kleine nuckelte währenddessen zufrieden an der Mutterbrust und ließ sich von dem übergroßen Interesse an ihrer Person nicht stören.

Schließlich kehrte Ruhe ein und Aurea musste sich nun mit einfachen Worten bedanken: „Die *Tochter der Sonne* dankt dem neuen Volk für die freundliche Aufnahme in die Gemeinschaft." Sie hoffte die Betonung der kleinen Ansprache war korrekt, und sie hatte damit nicht etwa die Bedeutung verändert. Aber ihre Sorge war unbegründet, denn die Stammesmitglieder jubelten wieder und gingen, nach einem erneuten wilden Tanz um das Feuer, zum gemütlichen Teil des Festes über. Das anschließende Essen und Trinken dauerte bis tief in die Nacht hinein, und Aurea musste ihm mit ihrer Tochter diesmal bis zum Schluss beiwohnen.

Frieden

Es war einer dieser unverschämt hellen und warmen Frühsommertage. Die Natur schien sich wie eine prächtige Braut herausgeputzt zu haben und bot ihre üppigen Gaben großzügig feil.

Aurea war mit den anderen Weibern zum nahen Flussufer aufgebrochen, um dort von den reichen Früchten, die der natürliche Garten ihnen bereithielt, zu sammeln. Das Nahrungsangebot zeigte sich so vielfältig, wie die junge Mutter es vor einem Jahr, als sie mit Proles allein durch die Wildnis gestreift war, niemals vermutet hätte. Beim *Volk* hatte sie sehr schnell alle essbaren von den ungenießbaren Pflanzen unterscheiden gelernt. Ihr naturkundliches Interesse gereichte ihr dabei zum Vorteil.

Sie kannte inzwischen viele köstliche Früchte, Samen, Wurzeln und Pilze, aus denen sich schmackhafte Gerichte zaubern ließen. Als Gewürze hielt der fruchtbare Garten reichlich Kräuter und auch aromatische Beeren und Blätter bestimmter Bäume bereit. Die Vorratshaltung, die dem neuen Volk in der kühleren Jahreszeit das Überleben sicherte, war für Aurea eine segensreiche Lernerfahrung gewesen.

Die Stammesmitglieder hüteten eine Stelle an einem weiter entfernten Felsen, wohin sie regelmäßig pilgerten um Salz zu schürfen, das viele Lebensmittel länger haltbar machte. Dies war jedoch so kostbar, dass es darüber hinaus nur bei besonderen Festlichkeiten zum Einsatz kam oder als Tauschmittel benutzt wurde. Das gleiche galt auch für Honig, den die jungen Männer mit viel Geschick unter den schmerzhaften Angriffen der wilden Bienen aus hohlen Bäumen stahlen.

Aurea hatte beides bei den Geschenken zur Geburt ihrer Tochter gefunden, und sie wusste es sehr zu schätzen. Die Jäger, welche als die Erzeuger der *kleinen Sonne* galten, hatten ihr außerdem wundervolle Felle und getrocknetes Fleisch, sowie eine zierliche geschnitzte Flöte aus Tierknochen überreicht. Sie würden auch weiterhin für sie und die Kleine auf die Jagd gehen. Aurea musste sich nicht um ihrer beider Zukunft sorgen.

Ihr Korb mit roten süßen Früchten, die sie unter einem Baum am Flussufer aufgesammelt hatte, war bereits übervoll. Sie setzte sich ins weiche Moos und stillte in Ruhe das Baby.

Der Fluss glänzte silbrig in der Sonne. Hier und da glitten einige größere Fische nahe der Oberfläche vorbei und verursachten leichte Wellenbewegungen. Weiter Flussaufwärts standen zwei Weiber im Wasser und spießten Fische fürs Abendbrot auf. Sie waren unermüdlich und sehr erfolgreich. Wie immer würden sie alle satt werden.

Ein kleiner gelber Vogel mit roten Flügelspitzen stieß plötzlich neben ihr ins Wasser. Sehr schnell tauchte er wieder auf. In seinem Schnabel trug er etwas davon. Das Flusswasser perlte von seinem Gefieder und schillerte für einen kurzen Moment in den Farben des Regenbogens. Dann war er blitzartig mit seiner Beute verschwunden.

Die junge Mutter lehnte sich jetzt gegen den Baumstamm, um eine bequemere Position für die Darbietung der zweiten Brust zu finden. Während die Kleine zufrieden nuckelte, wanderte ihr Blick vom Fluss weg zu den weiten Wiesen. Über dem Meer aus wogenden Gräsern zeigten sich vielfarbige Blüten an zarten Stengeln, die sich im sanften Wind wiegten. Die wilden Bienen und viele andere Insekten wurden von ihnen magisch angezogen. Sie hörte das Summen der nektarsammelnden Schar.

Neben ihr, auf einigen überreifen Früchten, die noch am Boden lagen, hatten sich mehrere handtellergroße bunte Schmetterlinge niedergelassen, um an dem süßen Saft zu saugen. Sie bewunderte die filigranen Zeichnungen der zarten Flügel und die Geschicklichkeit, mit der sie ihre langen Rüssel in die saftigen Früchte bohrten.

Aurea fühlte einen tiefen Frieden. Von weitem beobachtete sie, wie die *Braune* sich ebenso entspannt um den kleinen *Rache* kümmerte. Sie hatte ihn ins Moos gelegt und wickelte ihn vorsichtig aus dem Tragetuch. Neben ihr stand ein Korb mit Beeren.

Aurea fragte sich manchmal, was wohl in der Anderen vor sich ging. Es musste schlimm sein, so vollkommen stumm vor sich hin zu existieren. Sie hätte auch gern gewusst, ob die *Braune* diesen Mangel schon von Geburt an besaß. Aber die alte Mutter konnte ihr diese Frage nicht beantworten, da das braune Weib, genau wie Aurea, nicht beim Volk aufgewachsen war.

In einiger Entfernung sah sie nun das Stammesoberhaupt flankiert von einigen großen Jägern dem Dorf zustreben. Sie errötete unwillkürlich, als sie sich ihres Fehlverhaltens gegenüber dem *Hüter der heiligen Federn* erneut bewusst wurde.

Es galt als Tabu, unaufgefordert das Wort an ihn zu richten oder ihm direkt in die Augen zu schauen. Um wie viel schändlicher hatte sie sich bei ihrer ersten Begegnung verhalten, als sie damals seinen harten Penis so unbedarft mit ihrer Hand umschloss. Erst Monate später wurde ihr klar, wie haarscharf sie einem Todesurteil entgangen war.

Sie hatte Glück mit diesem friedfertigen Volk, das nun auch ihres und vor allem das ihrer Tochter war. Während sich ihr Blick zwischen den von Früchten schweren Zweigen einen Weg zum wolkenlosen Himmel suchte, dachte sie plötzlich an ihre Schwester Proles und ihre Mutter Anima. Wurde sie wohl von beiden noch vermisst? Und sie stellte sich zum wiederholten Mal die Frage, ob sie in ihrem früheren Leben jemals so unbeschwert glücklich hätte werden können?

Handel

„Duft der Kräuter ruft *Sonnenhaar!"* Aurea wandte sich zu der Sprecherin um. Es handelte sich um eines der jüngeren Weiber, die noch nicht *erkannt* wurden. Offenbar war die Angelegenheit eilig, das bemerkte die junge Mutter an der aufgeregten Mimik und Gestik der Botin. Deshalb erhob sie sich sofort von der Kochstelle, nickte *Füchsin* dankbar zu und strebte zügig zur Hütte der alten Mutter.

Das Essen würde nicht verderben, es saßen immer genügend Weiber um die Feuer, die sich notfalls ablösen konnten. Jede trug im Ernstfall die Verantwortung für das Gelingen der Mahlzeiten.

Die Alte erwartete sie bereits vor der Hütte und zog sie ziemlich ungestüm ins Innere. Aurea war deshalb ein wenig irritiert, denn gewöhnlich konnte nichts die Gelassenheit des Kräuterweibes beeinträchtigen.

„Sonnenhaar und *Tochter der Sonne* essen heute in meiner Hütte. Es kommen Händler mit Waf-

fen. Ich schütze *Sonnenhaar* und das Baby." Die einfachen Sätze wurden wie üblich von einer schier unbeschreiblichen Mimik und Gestik unterstrichen.

So war der jungen Mutter schnell klar, dass alles zu ihrem Besten geschah. Sie ließ sich brav, mit ihrer Kleinen vor der Brust, auf eines der Lager niedersinken und wartete, nachdem die Alte beruhigt die Hütte verlassen hatte, mit regem Interesse ab, was geschehen würde.

Vorerst blieb es im Dorf unverändert friedlich. Die gewohnten Geräusche drangen an ihr Ohr. Und sie konnte sich den Dorfplatz so genau vorstellen, als nähme sie selbst an dem regen Treiben zwischen den Feuern und dem belanglosen Geplapper, kurz vor Einnahme der großen Mahlzeit, teil.

Dann betrat *Füchsin* die Hütte, um ihr einen Brotfladen und eine Schüssel voll mit schmackhafter gekochter Nahrung zu bringen. Sie ließ beim Weggehen die Tür einen Spalt breit offen stehen, so dass Aurea etwas Licht zum Essen hatte und nun natürlich auch nach draußen spähen konnte.

Das Mittagsmahl war noch nicht beendet, als an der plötzlichen Unruhe zu erkennen war, dass etwas Ungewöhnliches vor sich ging. Die junge Mutter stellte die Schüssel zur Seite und näherte sich dem Türspalt, um den Dorfplatz zu überblicken. Die kleine *Sonne* schlief ganz ruhig im Tuch vor ihrer Brust.

Zu ihrer Überraschung sah sie den *Hüter der heiligen Federn* mit einigen starken Jägern in voller Ausrüstung zum Dorfeingang schreiten. Die jungen Weiber hatten sich alle in ihre Hütten zurückgezogen. Die Kinder rotteten sich neugierig hinter einigen älteren Stammesmitgliedern zusammen.

Dann erblickte Aurea die Ursache des Tumultes. Fünf Reiter auf großen dunklen Pferden hatten das Dorf erreicht und hielten am Dorfeingang inne. Die Tiere tänzelten nervös und schnaubten erregt. Die Reiter trugen dunkle Kleidung und glänzende Helme. Sie waren bis an die Zähne bewaffnet und transportierten große Packtaschen an beiden Flanken der mächtigen Reittiere.

Was die junge Frau besonders beunruhigte waren die struppigen schwarzen Haare, die den Reitern unter den Helmen hervorquollen und in ihren Gesichtern wucherten, sodass kaum noch etwas von ihrer Haut zu sehen war.

Schließlich hatte das Stammesoberhaupt die Neuankömmlinge erreicht und begrüßte sie ehrerbietig. Die Reiter stiegen von den Tieren, banden diese fest, hievten die schweren Taschen von den Pferderücken und folgten der Jägergruppe an die Feuer. Hier wurden sie mit Wasser, Brot und Fleisch bewirtet, während sich einige junge Männer um die Versorgung der Pferde kümmerten.

Aurea hatte alles gut im Blick. Sie beobachtete auch die alte Mutter, die unweit ihrer Hütte mit einer Handarbeit unauffällig am Boden kauerte, ohne dass ihr irgendetwas von der Verhandlung zwischen dem *Hüter der heiligen Federn* und den Reitern entging.

Dies waren also die Händler, vor denen die Alte sie unbedingt verstecken wollte. Während die junge Mutter die Reiter genau betrachtete, stieg eine große Dankbarkeit in ihr auf. Sie hätte nur ungern in einem Handel als Tauschobjekt in das Eigentum dieser beängstigenden Wesen gewechselt.

Die *kleine Sonne* regte sich und gab glucksende Laute von sich. Aurea erschrak und zog sich vorsorglich auf das Felllager zurück. Es wäre fatal, wenn ihr Baby jetzt durch lautes Geschrei auf sich aufmerksam machte, deshalb legte sie es an die Brust. Während sie stillte, reckte sie neugierig den Hals und brachte sich in eine Position, von der aus sie die Verhandlungen am Feuer weiter verfolgen konnte.

Die Packtaschen wurden nun geöffnet und blinkende Gegenstände daraus entnommen. Unter den abschätzenden Blicken des Hutträgers und der übrigen Jäger breiteten die Händler einige Objekte am Feuer aus.

Hier und da nahmen die Männer etwas davon in die Hände, drehten es im Licht und nickten zufrieden, während sie die Waren vorsichtig wieder zurücklegten.

Gesprochen wurde wenig. Vielleicht sprachen die Händler nicht dieselbe Sprache? Jedenfalls beobachtete Aurea, dass die Verständigung trotzdem bestens funktionierte. Die Jäger holten nun ihrerseits Tauschobjekte herbei. Außer verschiedenen handwerklichen Dingen, Heilsalben und seltenen Fellen gehörte auch mehrere Beutel Salz und einige Leckereien aus Honig dazu.

Zum Abschluss überreichte der Hüter der heiligen Federn einen großen Schlauch aus Tierdarm mit berauschendem Trank. Die Händler ließen diesen einmal zwischen sich kreisen und nahmen jeder einen gehörigen Schluck. Danach rülpsten sie zufrieden und packten ihre Taschen wieder ein.

Drei Jäger trugen die erworbenen Gegenstände in die Hütte des Stammesoberhauptes. Danach wurde die Versammlung unter lautem Gejohle der Männer und Kinder aufgehoben. Die seltsamen Händler ritten in schnellem Galopp davon, so als seien sie nie dagewesen und alles nur ein seltsamer Traum.

Aurea erhielt durch diese Begebenheit eine Antwort auf ihre Frage, woher die einfachen Waffen und Werkzeuge aus Metall stammten, die das neue Volk benutzte. Sie hatte bis zu diesem Tag keinerlei Aktivitäten feststellen können, die zur Herstellung dieser Dinge erforderlich waren.

Ihre Schlussfolgerung aus der heutigen Beobachtung war jedoch beunruhigend: Es gab in dieser unzivilisierten Welt erschreckende Parallelgesellschaften, die sich mit der Herstellung und dem Vertrieb von gefährlichen primitiven Waffen beschäftigten.

Waren die Sicherheitsmaßnahmen der Frauen möglicherweise nicht nur gegen wilde Tiere und versprengte Homomaskuline gerichtet, sondern vielmehr gegen genau diese Waffenhändler?

Wussten die Matriarchinnen vielleicht von derartigen Machenschaften fremder offensichtlich intelligenter Wesen in der Wildnis und hatten deshalb den Befestigungswall errichtet?

Freundschaftsdienste

Ihre stechenden Kopfschmerzen mochten wohl von den tagelangen intensiven Vernetzungen mit fast allen ihr persönlich bekannten Frauen der Gesellschaft herrühren. Anima veranlasste über das MFA, dass ihr ein Schmerzmedikament verabreicht wurde. Sie streckte sich für einen Moment auf ihrer bequemen Schlafstätte aus, um die schnelle Wirksamkeit des Mittels zu unterstützen.

In ihrem hämmernden Schädel vermischten sich die zahlreichen wichtigen Gedankenaustausche, in die sie zur Unterstützung der Petitionen für Pok und Roxi eingetaucht war. Da sie manche der Frauen lange Zeit nicht gesehen hatte, war auch viel Persönliches aus deren Leben auf sie eingestürmt. Sie konnte die anderen ja schlecht um einen so großen Gefallen, wie die Unterstützung einer Petition bitten, ohne Interesse an deren Befindlichkeiten zu zeigen.

Heute, endlich etwas zur Ruhe gekommen, gestand sie sich aber ein, dass sie in vielen der Vernetzungen die innere Verbundenheit nur noch geheuchelt hatte. Keine der Frauen hatte wirklich nachvollziehen können, in welcher Situation sich Anima befand. Noch viel weniger war ihnen die Lage von Pok oder gar Roxi vor Augen zu führen. Sie fühlte schmerzhaft, dass ganze Welten zwischen ihr und den Vernetzungsgefährtinnen lagen.

Es waren alles höchst ehrbare Frauen oder angesehene Wissenschaftlerinnen, die mit Kriminalität natürlich nichts zu tun hatten und daher auch wenig über die Strafmaßnahmen in der Gesellschaft wussten. Die Kriminalitätsrate war unter den Frauen allgemein eher gering. Der allen zugängliche Wohlstand hielt Eigentumsdelikte im zu vernachlässigenden Bereich. Produktionsmittel sowie Grund und Boden waren Allgemeingut und damit für gewöhnlich keine Streitobjekte. Und auf einen friedlichen Umgang miteinander und die Achtsamkeit sich selbst gegenüber wurde schon bei kleinen Mädchen intensiv hingewirkt. Die exzellenten pädagogischen, sozialen und psychologischen Konzepte hatten ihre Wirkung bislang nicht verfehlt. Außerdem gab es sehr effektive Schlichtungsstellen, die jede Frau im Konfliktfall, sei es mit einer anderen Frau oder einer Behörde, anrufen konnte.

Anima musste an ein uraltes Sprichwort denken, das bis in dieses dritte Jahrtausend nach der großen Katastrophe überdauert hatte: *Wenn es dem Esel zu wohl wird, geht er aufs Eis!*

Roxi hatte doch einfach alles gehabt, was eine Frau sich nur wünschen konnte, warum war sie kriminell geworden? Hierbei musste Übermut eine Rolle gespielt haben, da war sich Anima ziemlich sicher. Vielleicht auch eine gewisse satte Langeweile, die nach einer neuen Herausforderung gierte. Die temperamentvolle Frau war mit einem anspruchsvollen Dienst für die Gesellschaft nicht vollkommen ausgelastet gewesen.

Anima setzte sich auf und stellte fest, dass das Kopfschmerzmittel verlässlich wie immer wirkte. Ihr Facettenauge blinkte, um ihre aufgewühlten Emotionen anzuzeigen, aber niemand außer ihren Robos konnte es wahrnehmen. Und sie nahm es hin, dass all ihre Gefühle im Augenblick sinnlos ins Leere liefen. Hoffentlich wären wenigstens ihre Bemühungen um die Petitionen von Erfolg gekrönt. Sie weigerte sich, jetzt schon konkrete Erwartungen in die Zukunft zu setzen.

Bei diesem Gedanken fiel ihr Pok ein. Sie könnte die Zuhause festgesetzte Ärztin kurz kontaktieren, um von ihren Aktivitäten zu berichten. Es wäre angenehm sich mit einer verständnisvollen Freundin auszutauschen. Pok war sofort auf ihrer Vernetzungsspur. Sie schien auf den Kontakt gewartet zu haben. Wahrscheinlich gab es auch nicht viel anderes in ihrem augenblicklich öden Dasein.

Anima wollte sich nicht vorstellen, selbst für viele Monate in ihrem Haus eingesperrt zu sein. Kein Bummel durch die zahlreichen Vergnügungs- und Wellness-Zentren der Stadt, keine Live-Konzerte oder Theaterbesuche, keine unschuldigen Stöbereien in den vielfältigen Mode- und Schmuckläden und keinerlei Treffen mit anderen Frauen zum persönlichen Austausch außerhalb der überwachten Wohnung – das musste eine gewaltig schwer zu ertragende Strafe sein.

Sie tauchte in die Gedanken der Freundin ein und versuchte sachlich zu bleiben, weil die Wächterinnen vielleicht den Kontakt abschöpften. Pok sendete traurige Signale, die von Hoffnungslosigkeit durchdrungen waren. Aber Anima bemerkte schnell, dass die Vernetzung sie allmählich lebhafter und interessierter werden ließ. Schließlich willigte sie darin ein, sich bei den Wächterinnen um einen begleiteten Ausgangs-Termin zu bemühen.

Derartige Lockerungen der strengen Arrestmaß-
nahme wurden auf Antrag bei guter Führung im
letzten Strafjahr gelegentlich gewährt. Die Frau-
en sollten sich dadurch allmählich wieder in die
Gesellschaft integrieren. Niemand hatte etwas
davon, wenn die ehemals Straffälligen auf ewig
von der Gesellschaft ausgeschlossen oder gar
psychisch krank wurden.

Als sich die Frauen verabschiedeten, fühlten sie
sich beide wesentlich besser und freuten sich auf
ein erstes gemeinsames Treffen außerhalb des
überwachten Wohnungsbereiches.

Anima durchforstete sofort ihren begehbaren
Kleiderschrank nach einem passenden Gewand
für diesen hoffentlich baldigen Anlass. Sie wollte
einfach umwerfend aussehen und Pok auf besondere Art beeindrucken. Die sensible kleine
Ärztin hatte gerade ihr Herz zum Wirbeln gebracht. Vielleicht lag darin eine ganz neue Möglichkeit für die Zukunft?

Einen prächtig schillernden Hauch von Gewand
in ihren Händen, drehte sie sich vor ihrem großen Kristallspiegel. Sie war noch eine schöne
Frau mit beachtlichen Körperreizen! Langsam
ließ sie sämtliche Kleidungsstücke zu Boden gleiten und betrachtete ihren makellos glatten

schlanken Leib, die langen wohlgeformten Beine und die kleinen festen Brüste, die wie bei einem jungen Mädchen wirkten. Dann schüttelte sie das seidige Haar, bis es ihr in wilden Strähnen ins Gesicht flog.

Plötzlich fand sie die Szene so lächerlich, dass sie ihre langen zarten Finger mit den gefärbten glänzenden Nägeln übermütig zu Krallen bog und sich im Spiegel wie eine Wildkatze anfauchte. Der Pflegerobo bog augenblicklich um die Ecke und begann ihre Kleidungsstücke vom Boden aufzusammeln. Die nackte Frau brach in ein befreiendes Gelächter aus, bei dem alle Überreizung der letzten Tage aus ihrem gestressten Inneren explodierte.

Dorfleben

Während die Babys auf ihren Tragetüchern am Ufer strampelten und dabei glucksende Geräusche von sich gaben, wuschen sich Aurea und die *Braune* im Fluss. Die Luft war herrlich warm. Das kühle klare Wasser prickelte wundervoll auf der verschwitzten Haut der beiden jungen Mütter. Sie hatten seit Sonnenaufgang beim Holzkohlenmeiler gearbeitet und nun Mühe mit der Pflanzenseife, deren Inhaltsstoffe von den kräuterkundigen Weibern geheimnisvoll gehütet wurden, die ursprüngliche Farbe ihrer Haut wieder zum Vorschein zu bringen.

Während die *Braune* zum Ufer zurückwatete, um auch ihren kleinen Sohn zu reinigen, tauchte Aurea in der Mitte des Flusses eine Weile völlig unter. Danach erschien sie wieder lachend und prustend und schüttelte ihr langes goldenes Haar, während die Wassertropfen daraus spritzend zur Seite flogen und sie für Sekunden, wie ein perlender Schleier voll funkelnden Lichtes, umhüllten. Sorgfältig rückte sie das verrutschte geflochtene Stirnband zurecht, das ihr blindes

Facettenauge geschickt verbarg und inzwischen zu ihrem Markenzeichen geworden war. Die *Braune* hatte es ihr während der Schwangerschaft angefertigt und aus Freundschaft geschenkt. Irgendwie verband die beiden ihr gemeinsames Schicksal.

Aurea hatte schon mit dem Gedanken gespielt, sich ihr Haar abzurasieren, damit sie nicht so stark als Außenseiterin auffiel. Es gab scharf geschliffene Gerätschaften, mit denen das relativ schmerzfrei möglich gewesen wäre. Aber selbst die *Braune* trug ihr dunkles Haar weiterhin stolz in einem dicken Zopf geflochten, und die hatte zusätzlich ihre üppige Körperbehaarung. Dergleichen hatte Aurea nur im Zoo bei den Affen oder den Homomaskulinen gesehen. Ob es auch weibliche Formen dieser frauenähnlichen Wesen gab? Jedenfalls war auch die *Braune*, wie diese Wilden im Zoo, offensichtlich nicht der Sprache mächtig.

Nun schaute die junge Frau kritisch ins glitzernde Wasser, das sich beruhigt hatte und allmählich ihr erkennbares Spiegelbild zurückwarf. Die nasse Haarpracht umspielte ihre Schultern und reichte bis zur zart gerundeten Hüfte herab. Dort berührte sie die Wasseroberfläche, um sich in viele zarte Goldfäden aufzufächern, die leicht im Wasser schwebten. Sie erinnerte an das Bild einer Nixe. Nur ihr schlanker Oberkörper mit den prallen runden Brüsten war zu sehen, unterhalb verschwamm das entzückende Bild im feuchten Element.

Nachdem die beiden auch die Babys gesäubert und die verschmutzten Tücher gewaschen hatten, sammelten sie noch ein paar Kräuter, die gerade dort wuchsen, um dann gemeinsam zum Dorf zurückzukehren. Aurea trällerte ein fröhliches Liedchen, während sich die *kleine Sonne* an ihren nackten Busen schmiegte und das sanfte Schaukeln des wiegenden Ganges ihrer Mutter offensichtlich genoss. Die Sonne neigte sich dem Untergang zu, hatte aber noch ausreichend Kraft, die kleine Gruppe zu wärmen und sanft zu trocknen bis sie ihre Hütte erreichten.

Es duftete köstlich nach gebratenem Fleisch, dem üblichen Gemüseeintopf, der immer mit aromatischen Kräutern gewürzt wurde, und den auf heißen Steinen gebackenen Brotfladen. Aurea mochte sich kaum die Zeit nehmen, ihre kleine Tochter in Ruhe zu stillen, weil ihr Magen vor Hunger rebellierte. Dieses Gefühl kannte sie erst, seit sie in der Wildnis lebte.

Sie vermutete, dass es von dem freien Leben in der frischen Luft und der vielen körperlichen Aktivität herrührte. In ihrer früheren Existenz wurden ihr alle kulinarischen Köstlichkeiten, ohne die geringste Anstrengung ihrerseits, von den Robos serviert, wann immer es sie danach gelüstete. Damals hatten körperliche Betätigungen eher im Hintergrund gestanden und wurden lediglich aus gesundheitlichen Gründen oder als Freizeitbeschäftigung betrieben.

Als sie endlich zwischen den anderen Weibern am Feuer saß, vor sich eine Schale mit duftendem Gemüse, auf das ihr einer der Erzeuger ihres Babys fürsorglich ein zartes Stück Fleisch gelegt hatte, fühlte sie sich sehr zufrieden. Ihr Körper war vollkommen entspannt und wohlig müde. Ihre Geschmacksknospen konzentrierten sich genüsslich auf das sättigende Mahl.

Sie hob den Kopf von der Schale, um einen Blick in die Runde zu werfen, dort begegneten ihr die dunklen Augen der *Braunen* mit einem sanften friedlichen Ausdruck. Als Aurea ihr zwischen zwei Bissen zulächelte, zeigte sie ebenfalls für einen kleinen Moment ihre ebenmäßigen gesunden Zähne. Dann beugte sie sich schüchtern wieder über ihre Schale, als sei sie ausschließlich mit dem Essen beschäftigt.

Schließlich waren alle satt, rieben ihre Schalen mit frischem feinem Sand aus und spülten sie mit Wasser ab. Zum Trocknen wurden sie auf einfachen Holzgestellen vor den Hütten abgelegt.

Jede Tonschale war ein Unikat. Die Weiber fertigten sie selbst an und verzierten sie mit traditionellen oder frei erfundenen Mustern und Bildern. So konnte keine Schale mit der anderen verwechselt werden. Aurea hatte ihre von der alten Mutter persönlich erhalten. Sie war mit Schlangen und Sonnen verziert. Die junge Frau hielt sie in Ehren, weil sie wusste, welche Arbeit in diesen Gegenständen steckte. Das Brennen der Tongerätschaften fand nur in größeren zeitlichen Abständen statt, weil es, genau wie das Herstellen von Holzkohle in Meilern, einen enormen gemeinsamen Arbeitsaufwand erforderte.

Bei beiden Herstellungsprozessen hatte Aurea aber bereits geholfen. Ja, in der ersten Zeit ihrer Schwangerschaft durfte sie sogar mit einer Gruppe zu den Tongruben wandern, um dort das Rohmaterial zu beschaffen und auf Schleppgestellen zum Dorf zu transportieren.

Das Ziehen der beladenen Gestelle aus starken Ästen übernahmen einige kräftige junge Jäger.

Und die Weiber konnten ihre Augen nicht von ihnen lassen, während sie ausgelassen schwatzten und immer wieder fröhlich lachten. Aurea war von dem Übermut angesteckt worden. Seitdem freute sie sich wie ein kleines Mädchen, wenn derartige gemischte Exkursionen anstanden, an denen sie teilhaben durfte.

Die Sonne hatte inzwischen an Kraft verloren und veranlasste die Dorfbewohner sich noch um die langsam verlöschenden Feuer zu scharen. Einige der Männer sangen einfache Lieder. Es waren eher Sprechgesänge, die vom Jagen der großen Wildtiere erzählten und von den Gefahren, die sie in diesem Zusammenhang überstanden hatten.

Die Weiber und Kinder lauschten andächtig. Die Sänger waren kaum zu erkennen in dem ersterbenden Licht, das rötlich flackernd eine zauberhaft unwirkliche Atmosphäre schuf. Als es schließlich dunkel wurde, begaben sich alle, bis auf einige Jäger, welchen die Nachtwache oblag, zur Ruhe in ihre Hütten. Jetzt wurde das Nachtfeuer entfacht, um die Wildtiere abzuschrecken und die wachsamen Männer während ihres wichtigen Dienstes zu wärmen.

Aurea kuschelte sich an die gleichmäßig atmende *kleine Sonne* und sog ihren süßen charakteristischen Babyduft ein. Und noch bevor sie ihr übliches Nachtgebet an die heilige Urmutter beenden konnte, war sie neben ihrer Tochter eingeschlummert.

Ernte

Es war der erste Tag der großen Ernte. Aurea spürte schon beim Morgenmahl die fröhliche Nervosität, die von den Stammesmitgliedern ausging. Kaum, dass sich jemand Zeit nahm, die Mahlzeit in der sonst üblichen Ruhe und Gelassenheit einzunehmen. Die Kinder wuselten voller Lebensfreude lärmend und aufgeregt umher. Einige Gerätschaften, die für die Körnerernte benötigt wurden, waren am Rand des Dorfplatzes zusammengetragen worden. Dort türmten sich auch die großen Körbe für den Transport der Gräserrispen.

Die *kleine Sonne* hatte sich an Aureas prallen Brüsten sattgetrunken und schlief bereits wieder in ihrem Tragetuch, von all der Unruhe unberührt. Ihre Mutter stellte die gesäuberte Schale ordnungsgemäß weg und gesellte sich dann zu den Weibern, die die Gerätschaften und Körbe unter sich aufteilten. Einige Jäger begleiteten den Trupp, der sich nun zügig zu den ausgedehnten Grasflächen aufmachte.

Es ging unterwegs wieder so entspannt und fröhlich zu, wie Aurea es von allen gemeinsamen Unternehmungen des *neuen Volkes* kannte. Die älteren Kinder rannten den Weibern hinterher. Sie trugen Stöcke in den Händen und vollführten damit Bewegungen in der Luft, die gefährlich aussehen sollten und entfernt an die Handhabung der Jagdwaffen erinnerten.

Einige Weiber sangen traditionelle Lieder, andere lachten und schwatzten, während sie die jungen Jäger nicht aus den Augen ließen. Diese schritten jedoch davon völlig unbeeindruckt, äußerlich gelassen, die Blicke immer aufmerksam in die Umgebung gerichtet, neben der Gruppe her. Aurea hielt sich in der Nähe der *Braunen*, die auf einem kleinen festen Kissen einen der voluminösen Körbe auf ihrem Kopf balancierte.

Das traute sich die junge Frau nicht zu, denn sie wusste, dass die Behältnisse später auf dem Rückweg gefüllt ein erhebliches Gewicht haben würden. Die Geschicklichkeit, mit der die Weiber diese Last anschließend nach Hause trugen, besaß Aurea nun einmal nicht. Sie begnügte sich daher damit, eines der sichelförmigen Werkzeuge zu tragen, mit denen die Gräser geschnitten wurden. Auch das gestaltete sich nicht so einfach, weil sie mit der scharfen Schnittfläche niemanden verletzen durfte und mit dem Baby im Tragetuch unbeweglicher war.

Die reifen Grasflächen lagen ungefähr zwei Stunden vom Dorf entfernt und schienen sich wie ein wogendes Meer bis zum Horizont zu erstrecken. Als die Gruppe sie endlich erreichte, wurden die Gerätschaften und die Körbe erst einmal abgelegt. Die Jäger streiften mit den Kindern entlang der Felder, um wilde Tiere aufzuscheuchen, die hier Schutz gesucht hatten. Diese galt es gegebenenfalls zu erlegen. Während dessen aktivierten die Weiber eine etwas abseits gelegene Feuerstelle, die sie mit Steinen umlegt hatten. Dort kochten sie einen Sud aus Wasser und Kräutern, den sie unter die Anwesenden verteilten.

Anschließend wurden Gruppen gebildet, die mit dem systematischen Abmähen der Grasflächen begannen. Da Aurea keine besondere Hilfe bei diesen, große Geschicklichkeit erfordernden, Arbeiten war, saß sie schließlich mit einem Großteil der Kinder und einigen älteren Weibern am Rande der Felder und schnitt die Grasähren von den Stängeln.

Die Stängel wurden anschließend aufgeschichtet, da das Material später zum Flechten von Grasmatten, Tragetaschen und ähnlichem dienen sollte, und die Ähren mussten in die großen Körbe gefüllt werden. Auch diese Arbeit war nicht leicht. Die Gräser schnitten in Aureas zarte Hände und sie musste mit dem scharfen Messer vorsichtig umgehen, damit sie ihr Baby nicht versehentlich verletzte. Selbst die Kinder waren geschickter als sie. Und die älteren Weiber arbeiteten mit einer Geschwindigkeit, die Aurea schwindlig werden ließ.

Die *Braune* stellte sich bei allen Arbeiten sehr brauchbar an. Trotz des Tragetuches und obwohl ihr Sohn bereits um einiges schwerer war, als die *kleine Sonne*, stand sie in vorderster Reihe mit ihrer Sense. Aurea beobachtete sie aus der Ferne und fühlte Bewunderung für das Weib, wie es in anmutigen Bewegungen die scharfe Schneide durch das hohe Gras zog. Ihr schweißnasser brauner Rücken glänzte in der Sonne und hob sich stark von den weißen, dicht mit filigranen Tätowierungen verzierten Oberkörpern der anderen Weiber ab. Der dunkle kräftige Haarzopf schwang bei jeder Bewegung, als versuche er wie ein Pendel die Arbeitszeit in gleichmäßige Einheiten zu unterteilen.

Zwischen den Weibern summten die Insekten. Aber sie hatten wenige Chancen sich irgendwo niederzulassen, weil die verschwitzten Körperteile in ständigem Rhythmus schwangen und das abgemähte Gras nur so durch die Luft wirbelte. Außerdem hatten die Kräuterweiber wieder für Einreibemittel gesorgt, die die empfindliche weiße Haut vor Schäden durch Sonne und Insekten schützte.

Als sich einige Weiber an die Vorbereitungen für eine kleine Mahlzeit machten, gesellte sich Aurea zu ihnen und war glücklich, sich hierbei wirklich nützlich machen zu können. Die Jäger hatten Federvieh erlegt, das aus den Grasfeldern geflüchtet war. Und so gab es neben frischem Getreidebrei auch Fleisch. Das roch so gut, dass die Arbeiterinnen nach und nach alle von diesem Duft zur Feuerstelle gelockt wurden.

In der Pause ging es laut und ausgelassen zu. Zwischen den Bissen blieb noch genug Zeit für belangloses Geschwätz und Neckereien. Auch die Augen der *Braunen* blitzten vergnügt, während sie den kleinen *Rache* stillte und genüsslich an einem Geflügelbein nagte.

Die Hälfte der Körbe war schon mit Ähren gefüllt. Der Rest der Arbeit wurde am Nachmittag erledigt, nach einer ausreichenden Ruhepause in der heißen Mittagszeit. Erst gegen Abend trat die fleißige Gruppe den Heimweg an. Da es die Zeit der hellen Nächte war, kamen sie ohne jeglichen Zwischenfall noch vor Sonnenuntergang im Dorf an.

Die Körbe wurden auf einem freien Platz entleert, damit die Rispen einige Tage in der Sonne trocknen konnten. Die Stängel hatten sie an Ort und Stelle ausgebreitet. Sie mussten später gebunden, anschließend diese Bündel zum Dorf transportiert werden.

Die im Dorf zurückgebliebenen Jäger und einige alte Weiber hatten eine gute Abendmahlzeit bereitet. Und so saßen sie wieder um die Feuer, die mit dem glutroten Sonnenuntergang konkurrierten, um den Tag in vertrauter Gemeinschaft ausklingen zu lassen.

Die kleine sanft bummernde Trommel wurde rhythmisch geschlagen, und einige junge Männer tanzten mit ungeahnten Verrenkungen zu Ehren der Naturgötter, die ihnen heute eine reiche Ernte beschert hatten.

Schwierigkeiten

Die Einbestellung Animas, zu einem weiteren Verhör durch die Matriarchinnen, kam für sie eher unerwartet. Sie hatte zwar die letzten Tage mit vielen Aktivitäten verbracht, die die Petitionen für ihre beiden verurteilten Freundinnen anschieben sollten, sich aber nicht vorgestellt, dass die hohen Damen überhaupt so schnell davon Kenntnis nehmen würden. Vermutlich hatte sie in eine Art Wespennest gestochen.

Die Wächterinnen gaben ihr über das MFA zu verstehen, dass sie sich schnellstens zu einem Verhör einzufinden habe. Nun stand sie also wieder schlicht aber geschmackvoll gekleidet in der großen Vorhalle und wurde über das MFA identifiziert. Einer der Geleitrobos brachte sie in einen Raum in der oberen Etage. Sie war sich nicht sicher, ob es dieselbe Tür war, wie bei dem verhängnisvollen Termin vor über einem Jahr. Alles sah hier schließlich so verwirrend gleich aus.

Der Raum unterschied sich jedoch farblich von dem, den sie kannte und auch die Anordnung des Podestes war entgegengesetzt. Wieder wurde sie nach ihrem ehrerbietigen Gruß gebeten Platz zu nehmen.

Die Wände waren, wie die Roben der Matriarchinnen, in einem dunklen Blau gehalten. Sie reflektierten in kristallartigen Effekten, so dass sie fast lebendig erschienen und keineswegs düster. Statt Bildern waren hier und da leuchtende Hologramme eingelassen, die den Betrachter sofort gefangen nahmen. Anima zwang sich zu absoluter Konzentration, denn sie wollte sich keinesfalls leichtfertig von ihrem Anliegen ablenken lassen.

Die Matriarchinnen waren die Ruhe selbst und schienen unendlich viel Zeit zu haben. Die Frau vermutete, dass es sich dabei um eine geschickte Verhörmethode handelte, die die Befragte nervös machen sollte. Sie war gewappnet und lehnte sich nun ebenfalls äußerlich völlig gelassen in das etwas unbequeme Sitzmöbel, um den drei hohen Damen auf ihrem Podest einen möglichst unbefangenen Blick zu schenken.

„Anima, Tochter der Viktoria, du hast eine Petition angestoßen für die vor über einem Jahr von dir beschuldigten Frauen Doktorin Ferox, Tochter der Liberia und Doktorin Pokratia, Tochter der

Luna?", fragten die hohen Damen, wie aus einem Mund.

„Ja, so ist es, Ihr edlen Damen", antwortete die Wissenschaftlerin mit fester Stimme.

„Es erscheint doch unverständlich, dass die Leidtragende, einer so ungeheuerlichen Straftat, für die rechtmäßig Verurteilten eine Strafmilderung herbeiführen möchte." Die Matriarchinnen ließen eine Pause entstehen, in der sie synchron die Perückenhäupter schüttelten und sich dann mit besorgten Blicken gegenseitig in die Augen schauten. Ihre Facettenaugen blinkten dabei emotional.

„Möchtest du uns diesen Sinneswandel bitte näher erläutern?" Neun Augen richteten sich erwartungsvoll auf Anima, wobei die Gesichter wieder einen eher nichtssagenden Ausdruck angenommen hatten und die Facettenaugen in einen erwartungsvollen Ruhezustand zurückgekehrt waren.

„Doktorin Ferox war vor dem bedauerlichen Verschwinden unserer Töchter meine Lebensgefährtin, und die Ärztin Doktorin Pokratia ist eine gute Freundin. Ich habe nicht gewollt, dass die beiden eigentlich hoch angesehenen Frauen durch meine Aussage nun so lange leiden. Diese unerträgliche Bestrafung wird unsere geliebten Töchter Aurea und Proles auch nicht zurückkehren lassen! Nichts was geschehen ist, kann sich dadurch abmildern oder gar in nichts auflösen. Ich bin eine erfahrene Frau, die im Dienste unserer Gemeinschaft immer in vorderster Reihe stand. Meine Vorstellung von einer humanen modernen Gesellschaft hat keinen Raum für Vergeltung. Ich könnte mich eher mit dem Wiedergutmachungs-Gedanken anfreunden." Sie hatte sich diese Worte gut überlegt und sprach sie jetzt laut und deutlich aus, ohne das geringste Anzeichen von Nervosität.

„Die Strafen der Matriarchinnen sind keine Vergeltungsmaßnahmen", erwiderte die rechte der Damen belehrend.

„Wir müssen die redlichen Frauen vor Straftaten und Täterinnen schützen!" Die linke Dame sprach mit Vehemenz und blinkendem Facettenauge.

„Wir kennen den Gedanken der Wiedergutmachung durchaus", bekräftigte die mittlere Matriarchin in entgegenkommendem Tonfall.

Dann sprachen sie wieder wie mit einer Zunge: „Erkläre uns, was du dir unter Wiedergutmachung vorstellst!"

Anima wusste, dass sie jetzt all ihre Geschicklichkeit aufwenden musste, um die Angelegenheit zu einem möglichst guten Ende zu bringen. Obwohl innerlich bebend und mit emotional blinkendem Facettenauge, wandte sie sich in souveränem ruhigen Tonfall an die hohen Damen: „Edle Matriarchinnen, ich beabsichtigte keineswegs, unser vorbildliches Rechtssystem zu kritisieren. Es handelt sich bei dem vorliegenden um einen sehr außergewöhnlichen Rechtsbruch, der wahrscheinlich keinen Vergleich in der Geschichte findet. Die verurteilten Frauen stellen keine Gefahr mehr für unsere Gesellschaft dar, da ihr falsches Handeln offengelegt wurde, und sie ihren ehrenvollen wissenschaftlichen Aufgaben enthoben sind. Während der Vereisung oder im strengen Hausarrest, können sich die beiden Wissenschaftlerinnen nicht um eine Wiedergutmachung ihrer Verfehlung kümmern. Ich bin der festen Überzeugung, dass beide Frauen alles dafür tun würden, Aurea und Proles aufzuspüren, wenn wir ihnen die Chance dazu gäben."

„Du hast die Hoffnung noch nicht aufgegeben, die Mädchen lebend wiederzufinden?" Die drei Damen schauten gleichermaßen erstaunt auf Anima, deren Wangen nun vor Eifer glühten.

„Ich vermute, dass sie sich im Urwald gemeinsam durchgeschlagen haben. Es sind sehr intelligente vielseitig begabte junge Frauen. Vielleicht könnten Doktorin Ferox und Doktorin Pokratia eine wissenschaftliche Suchexpedition anführen, um nach Spuren zu fahnden und unsere Töchter wiederzufinden", erläuterte die besorgte Mutter.

„Ohne die Ortungsmöglichkeit über die MFA gleicht eine solche Aktion der Suche nach einer bestimmten Muschel im endlosen Ozean", bemerkte die linke Dame schulterzuckend.

„Die unkultivierten Gebiete sind nicht ohne Grund verbotene Zonen", wandte die rechte Dame mit erhobenem Zeigefinger ein.

Und die hohe Dame in der Mitte blickte Anima äußerst streng an: „Es lauern dort unvorstellbare Gefahren für die Gesundheit. Es ist kaum möglich, dass die Mädchen solange Zeit überlebt haben."

Anima erhob sich voller Enthusiasmus von ihrem Sitz: „Edle Damen, bitte erlaubt mir wenigstens den Versuch! Wenn die beiden Verurteilten dieser Form der Wiedergutmachung ablehnend gegenüber stehen sollten, will ich mein Begehren gern zurückziehen!"

„Es handelt sich hier um ein Exempel", erwiderten die Damen. „Wir müssen uns beraten." Dann erhoben sie sich und verließen hintereinander im Gleichschritt den Raum durch die sich lautlos öffnende Wand.

Anima nahm etwas verstört wieder Platz. Sie war sich sicher, dass sie beobachtet wurde, deshalb verhielt sie sich vorbildlich ruhig. Das Warten nervte zwar, aber sie betrachtete die Angelegenheit noch nicht als verloren.

Plötzlich erschien ein Robo mit Erfrischungen. Dankbar suchte sie sich ein Getränk aus. Sie fühlte sich wie ausgedörrt, nach der anstrengenden Befragung. Das aromatisierte Wasser erfrischte sie und brachte ihre mustergültig gespielte Gelassenheit wieder zurück.

Etwas entspannter betrachtete sie nun die Hologramme an den Wänden. Sie stellten Szenen aus der Geschichte der Frauen dar. Anima waren die entscheidenden Meilensteine nicht unbekannt. Schließlich wurde jedes Mädchen mit den spektakulären Ereignissen und Jahreszahlen in der Schule gequält, außerdem lag das große Jubiläum auch gerade erst ein Jahr hinter ihnen.

In den blauen Kristallrahmen flimmerten brutal kämpfende Homomaskuline neben blutroten

Atompilzen und waffenstrotzenden Amazonen-
heeren. Aber es gab auch friedliche Szenen mit
weißgekleideten singenden Frauen.

Die Matriarchinnen erschienen, so plötzlich wie
sie verschwunden waren, und saßen schon wieder auf ihrem Podest, bevor Anima sie richtig
wahrgenommen hatte.

„Wir schließen die Befragung für heute. Morgen
ist ein weiterer Termin zur gleichen Zeit anbe-
raumt. Friede sei mit dir Anima, Tochter der Viktoria." Die monotone Synchronansprache traf die
überraschte Frau wie ein nasser Lappen. Sie
konnte gerade noch die Kontenance bewahren,
um sich gebührend zu verabschieden und folgte
dem aus dem Nichts aufgetauchten Geleitrobo
leicht zitternd aus dem Raum.

Fortschritte

Anima hatte sich, als sie nach dem Verhör zuhause angekommen war, gleich mit Pok vernetzt. Diese hatte die spektakulären Informationen ebenso ergriffen in sich aufgesogen, wie sie selbst. Und weil die Gedankenvernetzung mit einem äußerst liebevollen Abschied geendet hatte, war Anima, von innerer Unruhe geplagt, fast die ganze Nacht nicht eingeschlafen.

Nun saß sie sehr übernächtigt vor dem perfekten Frühstück und bekam absolut keinen Bissen hinunter. Sie trank stattdessen ihr stark koffeinhaltiges Warmgetränk in gierigen Schlucken und ging in Gedanken und mit Unterstützung durch ihr MFA nochmal das gestrige Verhör durch. Ihr Gefühl sagte ihr immer noch, dass gewisse Chancen auf eine positive Entwicklung der Angelegenheit bestanden.

Aber wer konnte diese unnahbaren Matriarchinnen schon durchschauen? Anima beruhigte sich mit der Überzeugung, ein absolut feststehendes NEIN habe sicher keiner weiteren Vertagung bedurft. Dann erhob sie sich von der Tafel und begab sich mit dem Robo zum Ankleidezimmer. Sie wählte heute ein schlichtes weißes Gewand, das nur durch den raffinierten Schnitt auffiel, ließ ihr Haar aufstecken und hüllte sich in einen frischen Blumenduft.

Die Befragung fand im selben Raum statt und die Matriarchinnen wirkten unverändert, so als hätten sie die Nacht auf diesem Podest sitzend zugebracht, in innerer Versenkung, ohne sich auch nur zu bewegen.

„Ehrwürdige Matriarchinnen, ich grüße Euch!" Anima verneigte sich höflich vor den hohen Damen, die wieder undurchdringliche Mienen zur Schau trugen.

„Friede sei mit dir, Anima, Tochter der Viktoria. Du darfst Platz nehmen", klang der Chor der edlen Stimmen.

Dann richtete sich die rechte Dame in sachlichem Tonfall an die Geladene: „Eine offizielle Expedition in die unzivilisierten Gebiete hat bisher nie stattgefunden."

„Das Betreten dieser Gebiete birgt nicht einschätzbare Gefahren für die Expeditionsteilnehmerinnen", dramatisierte die linke Matriarchin mit blinkendem dritten Auge.

„Wir können keine Frau zwingen, ein solch tödliches Risiko einzugehen", bekräftigte die Mittlere mit traurigem Blick.

Anima merkte, wie sie aus Angst zu schwitzen begann. Sie hoffte, dass die Matriarchinnen dies nicht bemerkten und ihr wohlmöglich als Schwäche auslegten. Noch wollte sie stark sein und kämpfen.

„Ich würde niemanden zu einer solchen Expedition zwingen wollen. Könnten die beiden verurteilten Wissenschaftlerinnen das nicht selbst entscheiden?", wandte die Frau demütig ein.

„Wir werden sie befragen", klang es im Matriarchinnen-Chor.

Dann erklärte die rechte Dame: „Doktorin Ferox muss für diese Befragung aus dem Kälteschlaf geweckt werden. Das ist sehr aufwendig, zumal die sensible Akklimatisierungszeit verkürzt werden müsste."

„Die Frauen werden sich – für den Fall ihrer Zustimmung – sorgfältig auf die Expedition vorbereiten müssen", fügte die linke Matriarchin belehrend hinzu.

„Wir werden freiwillige Wächterinnen als bewaffneten Geleitschutz benötigen", bekräftigte die mittlere hohe Dame und zuckte zweifelnd mit den Achseln.

„Anima, Tochter der Viktoria, du musst geloben, Stillschweigen über diese ungewöhnliche Angelegenheit zu bewahren!", klang es wieder wie mit einer Stimme.

Die Frau erhob sich und reckte vorschriftsmäßig ihre beiden Zeigefinger zum Himmel: „Ich gelobe bei unserer heiligen Urmutter, über alles was wir hier besprochen haben, Stillschweigen zu bewahren!"

Dann wurde sie erneut aufgefordert Platz zu nehmen. Die hohen Damen erklärten ihr in der üblichen Art und Weise, dass sie Pok eine Zeit bei sich aufnehmen solle, damit die Ärztin sich nach dem langen Hausarrest wieder an ein freies Leben gewöhnen und der Natur annähern könne. Selbstverständlich nur für den Fall, dass sie dem Vorhaben zustimmte.

Dazu war Anima nur zu gern bereit. Immerhin hatte sie in ihrem großen Haus reichlich Platz. Für Doktorin Ferox wurde anderweitig gesorgt. Ihre Akklimatisierung würde einige Tage dauern. Dann erst konnten die wirklichen Vorbereitungen für die Expedition beginnen, unter der Voraussetzung, es würden auch freiwillige Wächterinnen gefunden.

Als Anima das eindrucksvolle Gebäude verließ, war sie diesmal in absoluter Hochstimmung. Nie war sie sich ihrer Sache so sicher gewesen. Endlich würde tatsächlich nach ihrer Tochter Aurea gesucht!

Sie konnte jetzt nicht nach Hause in die Stille ihrer einsamen Wohnung zurückkehren, deshalb lenkte sie den Gleiter zu einem Parkdeck in der Innenstadt. Sie schlenderte von dort durch die hellen Straßen, die zur Vormittagszeit recht belebt waren. Hier und da konnte sie mittels Transportbändern oder Luftschleusen die Etagen wechseln und von gläsernen Emporen dem bunten Treiben auf den Kopf schauen.

Der innere Zwang nach Aktivität ließ sie eine Weile vollkommen ziellos umher laufen. Bis sie plötzlich eine bleierne Müdigkeit verspürte, die von ihren Waden ausgehend den ganzen Körper zu ergreifen drohte. In der Nähe befand sich eine kleine Kontaktbar, die sie sofort ohne Nachzudenken betrat. Ein dienstbeflissener Robo fragte nach ihren Wünschen und geleitete sie dann zu einem ruhigen bequemen Platz in einer abgeschirmten Ecke.

Kaum hatte Anima es sich bequem gemacht, als auch schon ihr MFA Alarm gab. Sie benötigte dringend Medizin. Die nervliche Anstrengung der letzten Stunden hatte ihre chronische Krankheit wieder auf den Plan gerufen. Da sie hier in einem geschützten Umfeld verweilte, gab es aber keinerlei Probleme. Über ihr MFA veranlasste sie eine Injektion. Es würde ihr sehr schnell besser gehen.

Auch ein Bedienungsrobo war sofort zur Stelle. Er brachte ihr ein Erfrischungsgetränk und einen kleinen süßen Kuchen, wie sie es geordert hatte. Dann fragte er nach ihrem Befinden und ob sie vielleicht Gesellschaft wünsche. Diese Kontaktbars besuchten Frauen normalerweise nicht allein, es sei denn, sie waren auf der Suche nach einer gewissen Entspannung.

„Es geht mir sofort wieder besser. Ich habe bereits Medikamente bekommen. Gib mir etwas Zeit, ich werde gleich entscheiden, ob ich Gesellschaft benötige", gab die Frau etwas genervt zurück, sie sehnte sich eigentlich im Augenblick nur nach Ruhe. In das angenehme Sitzmöbel zurückgelehnt nippte sie an ihrem Getränk, das nach exotischen Früchten schmeckte. Der wundervoll verzierte süße Kuchen war mehr was fürs Auge. Vorsichtig hielt sie ihn zwischen zwei Fingern und schnupperte daran. Sie schmeckte die klebrige Süße bereits auf der Zunge, ohne den kleinsten Bissen genommen zu haben. Eigentlich verabscheute sie den Geschmack, aber diese kleinen kreativen Kunstwerke waren viel zu entzückend, um ihnen zu widerstehen.

Sie fuhr ganz zart mit der Zungenspitze über die glasierte Oberfläche des Backwerks und legte es dann wieder auf den Teller zurück, wo sie es noch eine Weile genüsslich betrachtete. Sie hatte eine sich spiralförmig um die Kuchenspitze windende feuchtglänzende Spur geleckt. Schnell nahm sie einen großen Schluck ihres Getränks, damit sich die entsetzliche Süße in ihrem Mund wohlig auflöste.

„Möchtest du eine intime Massage?", fragte eine sehr hübsche junge Rotblonde, die in ein aufreizendes schillerndes Gewand gehüllt war, was mehr zeigte, als es verbarg. Anima schreckte von der Betrachtung der Süßigkeit hoch und sah die Fremde erstaunt an.

„Ich wollte dich nicht erschrecken! Entschuldige, bitte!" Sie verneigte sich tief, wobei ihre prallen

Brüste auf den Tisch zu hüpfen drohten. Dann sah sie Anima direkt in die Augen und errötete tatsächlich ein wenig, während ihr Facettenauge blinkte.

„Ach, ist schon in Ordnung! Ich weiß schließlich, wo ich hier gelandet bin. Einen Moment ging es mir nicht so gut, aber nun ist es wieder besser", erklärte die Wissenschaftlerin mit gespielter Souveränität. Sie schlug die Beine elegant übereinander und ließ das weiße Kleid dadurch zu beiden Seiten des Schlitzes bis zum Oberschenkel herabgleiten. Ihre langen schlanken Beine fanden nicht so leicht Ihresgleichen. Entsprechend bewundernd starrte die Masseurin sie an.

„Warum eigentlich nicht? Ich hatte einen anstrengenden Tag! Eine Massage soll doch gegen Stresssymptome helfen?", ging Anima auf das unverhoffte verlockende Angebot ein. Sie war zufällig in dieser Kontaktbar gelandet, und eigentlich zog es sie selten in solche Etablissements speziell für Erwachsene. Aber allen Formen körperlicher Entspannung gegenüber verhielt sie sich normalerweise aufgeschlossen.

Die Bars waren legal, sauber und gesellschaftlich akzeptiert. Die Dienstleistungen wurden mit dem MFA von der monatlichen Zuwendung abgerech-

net und ordnungsgemäß registriert. Die Lustda-
men, die im Dienste der Gesellschaft standen,
waren gesund und freiwillig hier, weil sie eine
sehr gute materielle Zuwendung dafür erhielten.

Daneben gab es auch die Möglichkeit spezielle
Massageroboter zu mieten, aber die meisten
Frauen bevorzugten die Masseurinnen. Von ihnen wurden in intimen Kreisen unter Freundinnen wahre Wunderdinge berichtet.

Also wandte sich Anima endgültig von dem ver-
lockenden Anblick des süßen Gebäcks ab und
folgte der nicht weniger verführerischen Rot-
blonden in einen speziellen Raum im Unterge-
schoss.

Vorbereitungen

Doktorin Pokratia meldete sich am späten Vormittag bei Anima. Diese war, nach einer ausschweifenden Nacht mit ekstatischen Lusterfahrungen und reichlich berauschenden Getränken in der Kontaktbar, noch ziemlich angeschlagen. Sie hatte gerade erst von ihrem Lager in den Toilettenraum gewechselt, als Pok sie um Vernetzung ersuchte.

Die Ärztin war vollkommen aufgelöst vor Freude, weil ihr die Matriarchinnen die neueste Entwicklung der Angelegenheit mitgeteilt hatten. Selbstverständlich erklärte sie sich sofort bereit, an der Expedition teilzunehmen, um Aurea und Proles in den unzivilisierten Gebieten aufzuspüren. Sie hoffte, genau wie Anima, dass auch Roxi sich dem Plan anschließen würde.

Als es zu der Frage kam, ob sie bereit sei, zu Anima in das Haus auf dem Land zu ziehen, reagierte Pok allerdings etwas verhalten. Ihr war das Zögern, ihre Selbständigkeit aufzugeben, anzumerken. Die Frau hatte immer allein gelebt und konnte sich eine Wohngemeinschaft nicht vor-

stellen. Anima brauchte all ihre Überredungs-
künste, um das Ergebnis der Vernetzung schließlich zu ihrer vollen Zufriedenheit zu gestalten.

Als sie sich endlich wieder ganz ihrem Pflegerobo
zuwandte, damit er die Spuren der gestrigen
Ausschweifungen hinreichend beseitigen konnte,
war sie nahezu euphorisch.

Pok wollte, so schnell es ihr möglich war, in den
von Roxi verlassenen Raum einziehen. Sie beabsichtigte nur wenige persönliche Sachen mitzu-
bringen, weil sie den Umzug als vorübergehend
betrachtete. Aber Anima war fest entschlossen
sie davon zu überzeugen, dass keine Frau allein
so komfortabel leben konnte, wie mit einer liebevollen Freundin an ihrer Seite.

Die Wissenschaftlerin betrachtete sich in der
Kristallspiegelwand, zupfte eine Strähne aus ihrer
Hochsteckfrisur, damit sie nicht so streng wirkte,
und drehte sich befriedigt um sich selbst. Eine
kleine Melodie auf den Lippen schritt sie durchs
Haus und begutachtete alle Räume unter dem
Aspekt, dass sie demnächst hier mit Pok leben
würde.

Stellenweise ließ sie Möbelstücke von den Hausrobos beseitigen oder umräumen. Sie beschloss,
den Nachmittag in der Stadt zuzubringen, um

noch einige neue Dekorationsgegenstände zu erwerben.

Die Robos mussten in der Zwischenzeit in Roxis ehemaligem Raum, der von ihr seit einem Jahr nicht mehr betreten worden war, für absolute Sauberkeit und Ordnung sorgen. Sie hoffte, dass sie das wirklich bequeme Lager, auf dem sie mit Roxi vor ihrem großen Streit eine wundervolle Liebesnacht verbracht hatte, nicht würde austauschen müssen. Sie wollte aber neue pastellfarbene Bezüge besorgen, da sie Poks Geschmack etwas dezenter einschätzte.

Nach einer mehr oder weniger gezwungenen Nahrungsaufnahme, denn Anima verspürte, ob nun als Nachwirkung auf den Genuss der berauschenden Getränke oder vor innerer Erregung, keinerlei Hunger, begab sie sich mit dem Gleiter in die Stadt. Der gewohnheitsmäßige Umweg entlang der Grenze zum Urwald fiel heute aus. Sie glaubte so sehr an das Gelingen der geplanten Expedition, dass sie im Augenblick keinerlei Trennungsschmerz mehr verspürte, wenn sie an Aurea dachte.

Das Frühsommerwetter war herrlich. So glitt sie dahin mit versenktem Dach und mittlerer Geschwindigkeit, um die wundervolle klare Luft und

die blühende Landschaft zu genießen. Ihr aufge-
stecktes Haar wurde vom Fahrtwind leicht zer-
zaust, aber das störte sie nicht. Sie konnte, wenn
es allzu schlimm würde, in der Stadt jederzeit
einen Schönheitssalon aufsuchen, um sich für
ihren Einkaufsbummel wieder perfekt herrichten
zu lassen.

In der Einkaufszone angekommen, schlenderte
sie erst einmal ohne genaues Ziel umher und
schaute sich ganz entspannt in verschiedenen
Geschäften die ausgestellten Waren an. Manche
Deko-Artikel hatten raffinierte Mehrfachfunktio-
nen und mussten ihr deshalb von den Verkaufs-
robos genau erklärt und vorgeführt werden.

Sie nahm einige Gegenstände in die engere
Wahl. Sie wollte später in aller Ruhe bei einem
Getränk darüber entscheiden, welche Sachen
tatsächlich in ihr Haus geliefert werden sollten.
Da sie ihre monatlichen Zuwendungen im vergangenen Jahr noch kaum angetastet hatte,
denn ihr fehlte einfach der Sinn für den Erwerb
irgendwelcher Gegenstände oder Kleidungsstücke, brauchte sie nicht auf den Preis der Dinge zu
achten.

Das Einkaufen stresste sie zwar nicht, aber sie merkte bald, dass ihre körperliche Fitness heute einiges zu wünschen übrig ließ.

Als sie sich wieder zufällig in der Nähe der gestrigen Kontaktbar befand, beschloss sie dort ein koffeinhaltiges Getränk zu sich zu nehmen und eine Kleinigkeit zu essen. Das würde ihre Leistungsfähigkeit schnell wieder regenerieren. Insgeheim wollte sie natürlich auch Karessa, die talentierte Masseurin, die ihr diese wundervolle Nacht beschert hatte, wiedersehen. Vorher begab sie sich jedoch noch in einen der zahlreichen Schönheitssalons, um ihr Äußeres im Schnellverfahren ausbessern zu lassen.

Später perfekt gestylt in der Kontaktbar angekommen, musste sie leider feststellen, dass Karessa gerade dienstfrei hatte. Etwas enttäuscht nippte sie an ihrem Getränk und stocherte lustlos in dem köstlichen Algensalat. Aber das Angebot des Robos, ihr eine andere Masseurin zu schicken, lehnte sie dankend ab.

Stattdessen ließ sie sich vom MFA nochmal die reservierten Deko-Artikel aufzeigen, um dann einiges auszuwählen und zur verbindlichen Lieferung zu bestellen. Es waren außergewöhnliche

Stücke darunter, von denen einige bestimmt geeignet wären, Pok zu beeindrucken.

Im Grunde wurde Anima aber an diesem Nachmittag klar, wie wenig sie bisher über ihre neue Mitbewohnerin wusste. Und das beunruhigte sie mehr, als ihr lieb war.

Freundinnen

Nachdem die Grasernte erfolgreich beendet war, kümmerten sich die Fahlen jetzt intensiv um die Vorratshaltung. Der brauchbare Inhalt musste aus allen Gräserrispen herausgelöst werden. Mit Holzschlegeln wurden die Berge von Ähren bearbeitet, damit sie die reifen Samenkörner freigaben, die später zerstoßen werden sollten. Aus diesem Mehl wurde das Fladenbrot gebacken oder ein nahrhafter Brei bereitet. Große Staubwolken wirbelten über den Dorfplatz und kitzelten unerträglich in Rachen und Nase.

Aurea überließ das Dreschen den erfahrenen Weibern. Sie half später beim Trennen der leeren Hülsen von den wertvollen Körnern. Diese wurden in großen verschlossenen Tonkrügen gelagert, damit ihnen kein Ungeziefer zu nahe kommen konnte. Das Mahlen geschah immer erst kurz vor der Verarbeitung. Dafür gab es große Mörser aus Hartholz mit passenden Knüppeln.

Die junge Mutter wusste, dass es auch zum Herstellen des Mehls großer Geschicklichkeit bedurfte. Sie hatte es schon sehr oft geübt, war aber noch immer viel langsamer als die Weiber des Stammes.

Die *Braune* hatte diesbezüglich keinerlei Probleme. Aurea vermutete, dass sie aus einem ähnlich lebenden Stammesverband stammte. Sie fügte sich hervorragend in die Gemeinschaft der Fahlen ein und hätte, ohne ihre starke dunkle Behaarung und die Sprachlosigkeit, wahrscheinlich überhaupt keine Schwierigkeiten gehabt, ganz selbstverständlich dazu zu gehören. So saß sie jedoch, wenn nicht gearbeitet wurde, immer abseits mit ihrem kleinen *Rache* und wirkte außerordentlich schüchtern.

Während sie die *kleine Sonne* stillte, schaute Aurea wieder zur *Braunen* hinüber und lächelte sie freundlich an. Da erhob sie sich plötzlich und kam mit ihrem Sohn zu ihr ans Feuer. Sie ließ sich neben ihr nieder und begann dann auch mit dem Stillen des Kindes. Dabei zeigte sie Aurea ein zaghaftes Lächeln und legte ganz sanft ihre kleine braune Hand auf den Unterarm der jungen Frau. Diese war überaus erstaunt von der ungewohnten Annäherung und sprach die andere freundlich an: „Geht es dir gut, *Braune*? Ist *Rache* gesund?"

Die Haarige nickte freundlich und ein wenig ver-
unsichert, weil das Wort an sie gerichtet wurde.
Dann senkte sie schnell wieder den Blick und
machte ein paar kurze Zeichen, die Aurea als
„Freundschaft" und „Dank" interpretierte. Aber
sie war sich nicht ganz sicher, deshalb lächelte
sie vorsichtshalber und begann dann eines ihrer
Lieblingslieder zu singen, weil sie wusste, dass es
sowohl der Freundin als auch den Säuglingen
gefiel.

Nachdem die beiden jungen Mütter das Stillen
beendet hatten, beugte sich die *Braune* zu Aurea
und zupfte an ihrem seidigen Haar. Die Frau sah
sie fragend an, denn sie verstand diese Geste
nicht. Da erhob sich das Weib, trat hinter sie und
begann mit großem Geschick Aureas Haar zu
einem Zopf zu flechten. Sie ließ die andere still
gewähren.

Ein Zopf war eine ziemlich praktische Frisur hier
in der Wildnis und vor allem bei den verschiedenen Arbeiten. Nur war es Aurea bisher trotz
mehrerer Versuche nicht gelungen, diese Frisur
selbst herzustellen. Sie war in diesen Dingen so
ungeübt, weil sie immer ihren Pflegerobo zur
Hilfe gehabt hatte.

Nachdem die *Braune* den Zopf mit einem bunten Flechtband befestigt hatte, bat sie Aurea stumm ihr zu folgen. Sie schlenderten nebeneinander her, ihre Babys in den Tragetüchern und schwiegen beide. Da ergriff das junge Weib plötzlich die Hand der Blonden und zog sie zum Fluss.

Am Ufer angekommen wies sie auf Aureas leicht welliges Spiegelbild im Wasser und lächelte breit. Dann hielt sie mit einer Hand Aureas blonden seidigen Zopf in die Höhe und mit der anderen ihren eigenen kräftigeren, der drahtig und dunkel war.

Auch Aurea musste angesichts ihrer ungleichen Spiegelbilder lächeln. Herzlich wandte sie sich ihrer Leidensgenossin zu: „Wir sind Schwestern, *Braune*, und Freundinnen!" Sie machte dazu das Zeichen der Freundschaft und schnitt eine belustigende Grimasse, von der sie glaubte, dass sie ihre Worte ins richtige Licht setzte.

Die *Braune* umarmte sie daraufhin vorsichtig, weil die Babys nun zwischen ihnen lagen und verzog ebenfalls ihr Gesicht in fröhlicher Weise. Dann nahmen sie sich wieder bei den Händen und hüpften - anstatt sich wie sittsame Mütter zu bewegen - fröhlich zum Dorf zurück.

Aurea stimmte auf ihrem Heimweg, voll tiefer Dankbarkeit, laut und vernehmlich eine Hymne für die heilige Urmutter an.

Handarbeiten

Freundinnen sind selbstverständlich füreinander da, dachte Aurea. So ließ sie sich heute bereitwillig von der *Braunen* bei der Körperpflege und besonders beim Bändigen ihres langen Haares helfen. Zum Ausgleich sang sie dem Weib und den beiden Babys Lieder aus ihrem gesamten Repertoire vor. Sie hörten scheinbar alles gern, egal ob es religiöse Hymnen, Tanz- oder Kleinmädchenlieder waren. Später hütete sie den kleinen *Rache* für ein paar Stunden, während die *Braune* schwierige und für den Säugling gefährliche Arbeiten verrichtete.

Beim Vorbereiten der Mahlzeiten, dem Schnitzen und Verzieren von Holzgeräten und beim Weben von Kleidung, saßen die beiden jungen Mütter nebeneinander und kommunizierten auf ihre eingeschränkte Art miteinander. Die *Braune* taute zusehends auf und lachte viel mehr als früher. Dadurch verwandelte sie sich in ein recht attraktives junges Weib, denn ihr Körper war ohnehin von einer sinnlichen Schönheit, mit gesunder

Haut und gut ausgebildeter Muskulatur gesegnet.

Aurea gewöhnte sich allmählich an die starke Körperbehaarung, die sie von den Frauen ihrer Gesellschaft überhaupt nicht kannte. Dort wuchsen Haare ausschließlich auf den Köpfen, sonst waren sie überall am Körper durch genetische Manipulationen erfolgreich ausgerottet worden. Eine makellos glatte Haut, wie ihre eigene, galt als Schönheitsideal, was allerdings nicht bedeutete, dass um das gepflegte Kopfhaar kein ungeheurer Aufwand getrieben wurde. Ausgefallene Frisuren standen bei den Frauen hoch im Kurs.

Lächelnd betrachtete Aurea ihren liebevoll geflochtenen Zopf, der ihr nach vorn über die Schulter gerutscht war, während sie der gewohnheitsmäßigen Handarbeit nachging. Dann streifte ihr Blick zärtlich die *kleine Sonne,* die friedlich in ihrem Tuch ruhte, um sich schließlich in die sanften Augen der *Braunen* zu verirren.

Diese lächelte ruhig und reichte ihr dabei ein fertig gestelltes Stück Gewebe, damit sie es begutachtete. Die junge Frau hielt den Stoff gegen das Licht und prüfte ihn sorgfältig. Er war ohne jeden Fehler nahezu perfekt und sehr gleichmäßig gearbeitet. Wenn es ihr selbst doch auch nur so leicht von der Hand ginge, dachte sie seufzend. Dann reichte sie die Handarbeit an das Weib zurück und sagte lobend im Idiom der Fahlen: „Das ist sehr gut!" Sie klatschte begeistert in die Hände und stieß den üblichen Ruf „Hehohe!" aus, um ihr Entzücken auszudrücken. Die Braune wirkte zufrieden, setzte sich wieder an ihre Arbeit und lächelte vor sich hin, während ihre flinken Finger bereits das nächste Meisterwerk in Angriff nahmen.

Die anderen Weiber des neuen Volkes der Fahlen, die ebenfalls bei der Handarbeit saßen, waren aufmerksam geworden und beobachteten die Außenseiter belustigt. Hier und da wurde getuschelt. An Mimik und Gestik konnte Aurea jedoch ablesen, dass alle freundlich blieben. Vielleicht gefiel es ihnen, die beiden fleißig bei den Arbeiten zum Wohle der Gemeinschaft zu sehen. Durch ihre Babys waren sie ohnehin in der Rangordnung gestiegen und inzwischen wertvoll für den Stamm.

Manchmal ruhten auch die Augen der jungen Jäger auf den beiden Exotinnen. Aurea waren die begehrlichen Blicke nicht verborgen geblieben. Und sie begrüßte es, solange sie die *kleine Sonne* stillte, noch dem absoluten Tabu zu unterliegen.

Sie wollte sich nicht vorstellen, was geschah, wenn das Werben um ihre Gunst offen beginnen konnte. Sie würde sich schließlich gezwungenermaßen einem der Jäger mit den riesigen harten Schwänzen hingeben müssen, um wieder ihre Ruhe zu haben. Diese erneute Kopulation würde dann zwar nicht vor den Augen aller Dorfbewohner in einer öffentlichen Zeremonie erfolgen, dafür wäre sie aber auch nicht durch die Drogen der alten Mutter vor möglichen Schmerzen geschützt.

Sie hatte die erfahrenen Weiber des neuen Volkes zwar immer nur von weitem beobachtet, wenn sie sich den Jägern zur sexuellen Vereinigung auslieferten, aber ihr lautes Stöhnen oder die spitzen Schreie, die dabei ausgestoßen wurden, ließen sie erschaudern. Es war ihr unverständlich, dass die Weiber anschließend entspannt lachend im Fluss badeten oder einfach wieder der Arbeit nachgingen, als wäre nichts geschehen.

Weil Kleidung nur zum Schutz vor der Witterung, nicht aus Schamhaftigkeit getragen wurde, konnte sie die weißen Schwänze mit den furchterregenden schwarzen Tätowierungen sowohl in schlaffem als auch in großem hartem Zustand bei vielen Gelegenheiten begutachten. Ab und zu lungerten die Halbwüchsigen sogar unerlaubter Weise in der Nähe der Weiberhütten herum und rieben ihre noch untätowierten Penisse mit glasigem Blick, bis jemand sie verscheuchte. Das erinnerte sie an das Abzapfen der Homomaskulinen im Institut von Doktorin Ferox, der Freundin ihrer Mutter. Und es trug keineswegs dazu bei, ihre diesbezügliche Beunruhigung in die Zukunft zu zerstreuen.

Endlich hatte auch Aurea ein Stück fertig gewebt. Die *Braune* war ihr bei der Begutachtung behilflich und nickte ihr freundlich zu, obwohl mehrere Unregelmäßigkeiten offen zu Tage traten. Der jungen Frau war klar, dass ihre Webkünste sich noch verbessern mussten, damit sie sowohl für sich, als auch für die *kleine Sonne* und ihre drei maskulinen Versorger ansprechende Kleidungsstücke selber herstellen konnte. Ihre Werke taugten im Augenblick leider nur als Putz- und Waschlappen.

Gut, dass die Weiber des Volkes sie bei allem so hilfreich unterstützten, mitversorgten und ihr die offensichtliche Unfähigkeit nicht verübelten. Die drei Jäger brachten trotzdem ständig Fleisch und andere Leckereien, für die sie zuständig waren. Aurea hatte ihnen, außer dem Baby, bisher nur ein paar bunte Bänder und einen Korb süßer

Beeren geschenkt. Sie schienen jedoch damit zufrieden zu sein.

Bei diesen Überlegungen kam ihr die kleine Flöte wieder in Erinnerung, die seit der Feier für ihre Tochter in einem Lederbeutel neben ihrem Lager deponiert war. Sie erhob sich nun, um den kunstvoll geschnitzten Gegenstand herauszuholen. Andächtig drehte sie das wunderhübsche Geschenk zwischen ihren Fingern. Dann setzte sie es plötzlich an die Lippen, um ihm einige unmelodische Töne abzuringen. Die Weiber brachen sofort in helles Gelächter aus, nur die *Braune* schaute Aurea erwartungsvoll an.

Es dauerte etwas, bevor die junge Frau dem zierlichen Instrument eine kleine Melodie entlocken konnte, doch schließlich gelang es ihr, zur großen Freude der Zuhörerinnen. Sie hatte dabei auf ihre jahrelange Erfahrung mit den verschiedensten Instrumenten zurückgreifen können, denn in ihrem ehemaligen Leben war die Musik ihre große Passion gewesen.

Nachdem die kleine Flöte ihr gehorchte, war kein Halten mehr. Die zauberhaftesten Klänge wirbelten über den Dorfplatz, bis es niemanden im gesamten Volk gab, der diesem ungewöhnlichen Konzert nicht andächtig lauschte.

Als Aurea die Flöte von den Lippen nahm und etwas verstört aufblickte, denn sie war selbst von den anrührenden Tönen gefangen genommen, sah sie das gesamte Volk der Fahlen um sich versammelt. Nach einem kurzen Moment des Schweigens brach ein lautes anerkennendes „Hehohe" los, das kein Ende nehmen wollte.

Weil die *kleine Sonne* durch den Lärm geweckt wurde und zu weinen begann, erhob sich die junge Mutter verlegen, verbeugte sich liebenswürdig vor dem Volk und verschwand fast fluchtartig zum Stillen ins Innere der Hütte.

Krankheit

Der Vormittag verging in üblicher Weise mit all den Aktivitäten, die für das Leben im Dorf notwendig waren. Nur Aurea fühlte sich kraftlos. Sie hatte große Mühe am normalen Geplänkel der Weiber untereinander teilzuhaben. Selbst das Stillen ihrer geliebten Tochter bereitete ihr ungewohnte Anstrengung.

Nach der großen Mahlzeit suchte sie deshalb wortlos ihr Lager auf, bettete das Baby mit letzter Kraft auf die Felle und fiel gleich daneben in einen unruhigen tranceähnlichen Schlaf. Während sie von Albträumen geschüttelt wurde, bemerkte sie nicht, dass die *Braune* voller Sorge nach ihr schaute und schließlich die alte Mutter auf Aureas Zustand aufmerksam machte.

Duft der Kräuter machte einen beunruhigten Eindruck. Sie veranlasste, dass Aurea in ihre eigene Hütte gebracht wurde. Die *kleine Sonne* verblieb in der Obhut der *Braunen*, die sich nun liebevoll um beide Babys kümmerte.

Als sich der Zustand der jungen Frau nicht verbesserte, sondern hohes Fieber hinzukam und eine Art Bewusstlosigkeit, sammelte die alte Mutter alle ihre Kräuterweiber um sich und versenkte sich in eine tiefe Meditation. Später gab sie dann viele Anweisungen, wie Aurea zu behandeln sei und machte sich auf, um eigenhändig einige seltene Heilkräuter zu sammeln.

Die Kräuterweiber wuschen Aureas schwitzenden Körper mit Heilwasser und brannten desinfizierendes Räucherwerk in der Hütte ab. Immer wieder flößten sie der Kranken Tee und Medizin ein. Aber es war bis zum Abend keinerlei Verbesserung festzustellen. Nun begannen auch Aureas Brüste anzuschwellen und wurden rot und hart, da die Alte verboten hatte, das Baby anzulegen. Sie vermutete, dass die Muttermilch verseucht wäre.

Endlich tauchte die alte Mutter mit den Heilpflanzen auf. Sie beugte sich sofort über Aurea und seufzte erschrocken. Dann ordnete sie an, dass einige Weiber die neue Medizin herstellen und andere Aureas pralle Brüste kühlen sollten. Sie flößte ihr auch sofort einen Tee ein, der den Milchfluss bremsen würde.

Die *Braune* sollte derweil beide Babys stillen, was sie bereitwillig mit einem sanften Lächeln bewerkstelligte. Sie war für die nächste Zeit von allen anderen Aufgaben entbunden worden und konnte sich somit ausschließlich den beiden Kleinen widmen. Ihr Sohn steckte nun in einem Tuch auf ihrem Rücken und die *Tochter der Sonne* ruhte an ihrer Brust. Die alte Mutter hatte ihr ein Mittel zur Anregung der Milchdrüsen verabreicht, damit mühelos beide Babys von ihrer Milch satt würden.

Auf dem Dorfplatz erschallte ein Gemurmel vom gemeinsamen Gebet der Fahlen, um die Rückkehr von *Sonnenhaar* zu einem gesunden Leben in der Dorfgemeinschaft. Selbst der *Hüter der Federn* nahm daran teil, was eine besondere Ehre für die junge bewusstlose Frau darstellte, die noch so neu in ihrem Stamm war.

Die *Tochter der Sonne* blieb von all dem unberührt. Ihre neue Ziehmutter schirmte sie erfolgreich vom neugierigen Gehabe der anderen Weiber ab. Die Kleine war erst etwas irritiert, ob des fremden Geruchs der braunen prallen Brust, die ihr zur Ernährung gereicht wurde, doch der Hunger trieb sie schließlich dazu, sich zu nehmen, was ihr das Weib so bereitwillig anbot. Dieses wirkte so glücklich, wie noch niemals vorher. Sie streichelte beide Babys immer wieder zart und betrachtete sie mit liebevoll sanftem Blick. Hätte sie singen können wie Aurea, wäre die Luft von einem wundervollen Lied erfüllt worden, das all ihre Sehnsucht, Liebe und Hoffnung mit sich in den Himmel getragen hätte.

Als die Babys nebeneinander schliefen, entfernte sie sich rasch, um nach ihrer kranken Freundin zu sehen. Ohne Schwierigkeiten wurde sie von den wachenden Kräuterweibern in die Hütte der alten Mutter eingelassen. Der seltsame Duft des Räucherwerks vernebelte den gesamten Raum.

Im flackernden Schein der aufgestellten Räucherlampen sah die *Braune* Aurea auf einem weichen Lager von Fellen ruhen. Ihre nackten Brüste standen rot entzündet vom schweißnassen Körper ab, auf dem die unruhigen Lichter seltsam erschreckende Reflektionen erzeugten. Das sonst so schöne seidige Haar lag sehr unordentlich und verknotet um ihr fiebriges Gesicht. Wie in einem schweren Traum, aus dem die Frau scheinbar kein Entrinnen fand, zitterten die Augenlider.

Gerade begann die alte Mutter aus einem Mörser zerkleinerte Blätter auf Aureas Brüsten zu verteilen. Mitten in der Tätigkeit wandte sie sich zu dem traurig blickenden braunen Weib um und richtete einige tröstende Worte an sie. Die *Braune* verneigte sich dankbar und kniete neben dem Krankenlager nieder, um ihre Freundin weiter mit besorgtem Blick zu betrachten.

Jetzt stimmten die Kräuterweiber einen Singsang an, der die bösen Geister vertreiben sollte. Die alte Mutter fiel dabei in eine Art Trance und schaute mit leerem Blick in einen Winkel der Hütte, während Speichel aus ihrem geöffneten Mund troff. Nach einer Weile sackte sie völlig entkräftet in sich zusammen. Zwei von ihren Assistentinnen und potentiellen Nachfolgerinnen stützten sie und schleiften sie zu ihrem Lager, das sich in einer dunklen Ecke der Behausung befand.

Die *Braune* konnte nicht erkennen, ob die Alte dort einschlief oder weiter betete. Jedenfalls war es in dem Raum inzwischen so still geworden, dass der flache rasselnde Atem der Kranken erschreckend fremd und äußerst beunruhigend klang. Unwillkürlich tastete sie nach der schlaffen Hand ihrer Freundin. Sie hielt sie minutenlang in ihrer kräftigen braunen, als versuche sie, Aurea an ihrer eigenen Gesundheit teilhaben zu lassen. Aber die Kranke zeigte keinerlei Reaktion. Die Hand lag wie leblos, obwohl fiebrig warm, in ihrer und versank sofort völlig willenlos in den weichen Fellen, als sie sie wieder freigab.

Nachdem sie ein stummes Gebet an die Geister ihrer Vorfahren formuliert hatte, entfernte sich die *Braune* schließlich wieder aus der Hütte der alten Mutter, ohne dass sie durch diesen Krankenbesuch Beruhigung erfahren hätte. Mit gesenktem Kopf und traurigem Blick kehrte sie zu den beiden Babys zurück, um auf ihrem Lager schließlich in einen unruhigen traumreichen Schlaf zu fallen.

Akklimatisierung

„Ach, schmeckt dir der Krillsalat nicht?", fragte Anima. Die Enttäuschung darüber, dass Pok schon wieder eine ihrer besonderen Vorlieben nicht teilte, war ihr anzumerken.

„Nicht unbedingt so früh am Morgen", murmelte die Ärztin, während sie sehr abwesend weiter in der Bibliothek stöberte. Seit Pok bei Anima eingezogen war, tat sie beinahe nichts anderes, als sich mit der Bibliothek zu vernetzen, um dort nach vermeintlich wichtigen Informationen für die bevorstehende Exkursion zu suchen.

In Animas Augen übertrieb sie damit ihren Eifer ganz gewaltig. Eigentlich sollte sie sich ja, nach der langen Isolierung durch den Hausarrest, wieder an ein normales Leben gewöhnen. Aber die Ärztin hatte sich bisher geweigert, das Haus auch nur kurz zu verlassen. Sie hatte zu ihrem von Anima so liebevoll dekorierten Zimmer kein Wort verloren. Wahrscheinlich hatte sie nicht einmal wahrgenommen, dass außer dem bequemen Schlaflager noch irgendetwas vorhanden war. Schlafen und essen waren die einzigen Tätigkeiten, die ihre Arbeit kurz unterbrechen konnten und das offensichtlich nur, weil ihr Körper sie dazu zwang.

Anima konnte sich, angesichts dieses übertriebenen Ehrgeizes, genau vorstellen, wie Roxi und Pok sich vor vielen Jahren gegenseitig zu ihrer Straftat angestachelt hatten - alles im Dienste der Wissenschaft. Sie stieß jetzt ein kurzes böses Lachen aus, denn sie hatte die beiden Freundinnen gerade in der Verkleidung urzeitlicher Hexen vor Augen gehabt. Pok blickte sie daraufhin etwas verstört an.

„Nimmst du mir übel, dass ich diesen Salat nicht mag?", fragte sie irritiert und nahm lustlos einen Happen von ihrem langweiligen Getreidebrei.

„Nein, ist schon in Ordnung. Du kannst essen, was dir schmeckt. Den Robos macht das kein Problem. Schließlich waren wir vor einem Jahr noch zu viert in diesem Haus. Da gab es auch gewaltige Unterschiede in den Wünschen und Vorlieben", beeilte sich Anima zu beschwichtigen. Sie wollte auf jeden Fall, dass sich Pok in der neuen Wohngemeinschaft wohlfühlte.

„Ich denke nur, dass wir beide vielleicht auch mal etwas außerhalb des Hauses unternehmen sollten, sonst merkst du ja gar nicht, dass der Hausarrest zu Ende ist." Anima sprach jetzt mit einschmeichelnder Stimme in einer sanften Tonlage, was ihr nur selten gelang.

Als Pok ihr verstört in die Augen blickte und zögerlich nickte, gratulierte sie sich innerlich zu ihrem Erfolg. Ihre Pupillen weiteten sich vor unverhohlener Freude, und das Facettenauge blinkte emotional, während sie zur folgenden Frage ansetzte: „Was würdest du denn gern unternehmen?"

Anima wollte keinesfalls den Fehler machen, wieder mit einem unpassenden Vorschlag aufzuwarten.

„Wir könnten die Grenzlinie zum Urwald in Augenschein nehmen. Die verläuft doch hier ganz in der Nähe, nicht wahr? Da müssen wir sicher auch ein paar Schritte an frischer Luft zu Fuß gehen." Pok beendete sofort die Vernetzung mit der Bibliothek und schob den Getreidebrei energisch von sich. Während sie den Rest ihres Getränkes ohne Genuss hinunterkippte, erschien auch schon der Robo, um die Tafel abzuräumen und alles zu säubern.

Anima wirkte etwas enttäuscht als sie sich erhoben. Sie hatte anregendere Aktivitäten vor Augen gehabt. Aber immerhin war das ja schon mal ein Anfang!

Die beiden Frauen strebten wortlos ihren Zimmern zu, um sich ankleiden zu lassen. Wie gewohnt, folgten ihnen die entsprechenden Robos und erledigten ihre Arbeiten mit verlässlicher emotionsloser Präzision.

Als sie sich zu dem verabredeten Spaziergang trafen, stellten sie belustigt fest, dass sie fast gleich gekleidet waren. Das sportliche figurbetonte Outfit stand ihnen beiden sehr gut. Pok wirkte darin zwar etwas zerbrechlich, weil sie in der Zeit des Hausarrestes ständig weiter abgenommen hatte, aber ihre weiblichen Rundungen waren einwandfrei zu erahnen. Das ließ die makellos schöne Anima vor Erregung etwas stottern, als sie ihrer Mitbewohnerin ein nettes Kompliment machen wollte.

Pok überging diese Situation jedoch, gleich wieder mit der Expedition beschäftigt: „Wir müssen uns unbedingt überlegen, welche Kleidungsstücke wir in den Urwald mitnehmen. Es muss zweckmäßig und auch warm genug sein. Wir werden unsere Zeit nur im Freien zubringen, und es gibt keine Pflegerobos. Das sind wir alle ja eher nicht gewöhnt."

Der Spaziergang zum Grenzwall gestaltete sich, trotz des strahlenden Sommerwetters und der blühenden Gärten ringsum, eher zu einer wissenschaftlichen Exkursion. Anima gab nach kurzer Zeit die Hoffnung auf, dass sie der Ärztin während dieses Ausflugs emotional näher kommen könnte. Sie wurde von Pok wie eine Kollegin behandelt, die mit ihr an einem gemeinsamen Projekt arbeitete, was in gewisser Weise ja auch zutraf. Sie sollte sich wahrscheinlich schnellstens mit dieser Tatsache abfinden, um sich größeren Kummer zu ersparen.

Kaum, dass die beiden Frauen das Haus wieder erreichten, wurden sie gleichzeitig über die MFA zu einer wichtigen Besprechung mit den Matriarchinnen ins Regierungsgebäude gerufen. Sie hatten gerade noch die Zeit, sich in passendere Gewänder zu kleiden und dann zügig mit ihrem Gleiter in die Stadt zu fliegen.

Während sie lautlos über die verstreuten Häuser der Vorstadt hinweg glitten, wurde kaum ein Wort zwischen ihnen gewechselt. Sie waren beide in ihre beunruhigenden Gedanken verstrickt und erwarteten nichts Gutes von dieser plötzlichen Einladung. Wie meistens hüllten sich die edlen Damen in geheimnisvolles Schweigen, was den Grund des Zusammentreffens anging.

Als das blaue Kristallgebäude schließlich in Sicht kam, fühlte Anima eine gewisse Erleichterung, dass die bedrückende Erwartungshaltung nun bald durch die Matriarchinnen erhellt würde. Sie eilte ihrer Kollegin voraus, immer dem Führungsroboter hinterher, in das Stockwerk, in dem die Anhörungen stattfanden.

Endlich fanden sich die Frauen den edlen Damen gegenüber und durften nach kurzer Begrüßung ihre Plätze einnehmen.

„Wir haben euch heute hierher gebeten, weil es gewisse Schwierigkeiten mit der Akklimatisierung der verurteilten Doktorin Ferox gibt", erklärten die Matriarchinnen im Chor. Sofort erhoben die beiden Frauen erschreckt ihre demütig gesenkten Köpfe. Die Facettenaugen blinkten anhaltend.

„Doktorin Ferox scheint sehr verstört. Sie nimmt ihre Umwelt kaum wahr und redet nur von Proles, ihrer verschwundenen Tochter." Die linke edle Dame klang außerordentlich beunruhigt.

„Wir hätten normalerweise heute mit der abschließenden Phase der Akklimatisierung im Institut des Hohen Gerichtes beginnen können", erklärte die rechts sitzende Matriarchin.

„Aber wir befürchten nun Komplikationen und weitere Verzögerungen!" Die mittlere hohe Dame schaute die beiden Frauen ehrlich betrübt an. Dann gab sie einen kurzen Gedankenbefehl, was man an den bläulich blinkenden Facetten ihres dritten Auges erkennen konnte, und eine Animation manifestierte sich im Raum.

Die Frauen sahen Doktorin Ferox in einem sterilen Krankenzimmer. Sie lag auf einer weiß bezogenen Liege in ein leichtes sehr schlichtes Nachtgewand gehüllt. Das üppige Haar war ungewohnt kurz geschnitten. Die Frau war blass und ziemlich mager. Anima und Pok tauschten einen entsetzten Blick. Sie hatten noch nie eine Verurteilte direkt nach Verbüßung der Höchststrafe gesehen. Was mochte dieser Kälteschlaf mit Roxis Körper und Geist angerichtet haben?

Sehr langsam begann die Erwachte schließlich zu sprechen: „Wo bin ich hier? Wo ist Proles?"

„Sie kann reden und erinnert sich an Proles!", rutschte es Anima ungefragt heraus. Sofort schenkten ihr die Matriarchinnen strafende Blicke. Aber sie sahen immerhin in Anbetracht der emotional aufgeladenen Situation von einer Rüge ab.

Ein Pflegerobo näherte sich und wischte Roxi sanft den Schweiß von der Stirn. Dann sprach er mit den Stimmen der Matriarchinnen zu ihr: „Du wurdest nach einer Verurteilung zur Höchststrafe in den Kälteschlaf versetzt. Durch eine erfolgreiche Petition haben wir diesen nach einem Jahr nun vorzeitig beendet."

„Ich erinnere mich nicht", flüsterte die Erwachte und schloss erschöpft die Augen.

„Die Verkürzung deiner Strafe ist an eine Bedingung geknüpft", erklärten die drei Stimmen weiter.

Da versuchte Doktorin Ferox plötzlich hektisch von der Liege aufzuspringen und begegnete den Versuchen des Robos, sie im Bett zu fixieren, mit wildem Umsichschlagen.

„Ich habe Proles gesehen, meine Proles! Sie ritt auf einem weißen haarigen Ungeheuer. Meine Tochter braucht Hilfe!"

Der Robo gab der Patientin eine Injektion, damit sie sich beruhigte. Sie schrie fortwährend: „So helft ihr doch! So helft ihr doch!" Bis sie schließlich bewusstlos in sich zusammensackte.

Pok und Anima standen Tränen in den Augen, als die Animation genauso plötzlich verschwand, wie sie sich vor ihnen aufgebaut hatte. Die Matriarchinnen wirkten auch betroffen.

„Wir möchten euch als ehemalige Freundinnen von Doktorin Ferox bitten, an dem für Morgen angesetzten weiteren Akklimatisierungsversuch persönlich teilzuhaben", verkündeten die edlen Damen.

Nachdem sich die beiden Frauen bereit erklärt hatten, Roxi bei den weiteren Bemühungen, in die Normalität zurück zu finden, zu unterstützen, wurden sie nach Hause verabschiedet und für den nächsten Morgen in das Institut des hohen Gerichtes bestellt.

Wiedersehen

Anima und Pok wechselten beim Frühstück kein Wort miteinander. Was vordergründig so wirkte, als hätten die Frauen sich nichts mehr zu sagen, war aber lediglich eine Folge der viel zu kurzen Nachtruhe. Den vergangenen Abend hatten sie mit endlosen Diskussionen über die gemeinsame Freundin und die aus der Situation entstehenden Probleme verbracht.

Anima sah die Exkursion in den Urwald, für die sie soviel Energie verbraucht hatte, schon beinahe gescheitert. Pok teilte ihre Meinung zwar nicht vollkommen, da sie als Ärztin noch große Hoffnung in den Erfolg der Therapiemöglichkeiten setzte, aber die Stimmung war entsprechend gedrückt.

Der Weg zum Institut des Hohen Gerichtes führte die Frauen zunächst entlang des Grenzwalls, bis sie die idyllischen Vororte, die sich genüsslich in der Morgensonne rekelten, hinter sich ließen. Pok blickte mit unverhohlenem Misstrauen auf die Wipfel der riesigen uralten Bäume, die hinter der Grenze der bewohnten Gebiete majestätisch dem leichten Sommerwind trotzten. Auch Anima wollte sich in diesem Augenblick nicht vorstellen, was sie dort an Schrecklichem erwarten könnte. Aber die Hoffnung, Aurea lebend zu finden, gebot ihr, alle aufkeimende Furcht zu verdrängen.

Nun überquerte der Gleiter die Stadt mit ihrem lauten bunten Treiben in den zahlreichen Gassen und auf den hübsch gestalteten Plätzen zwischen vielen schwindelerregend hohen Kristallgebäuden. Die modernen Werkstoffe der letzten zweihundert Jahre erlaubten leicht und bizarr wirkende Hauskonstruktionen, die über die kristallinen Fassaden gegen unerwünschte Strahlung aller Art geschützt und vollkommen mit Energie versorgt wurden.

Auch Anima und Pok hatten die meiste Zeit ihres Lebens in der Stadt verbracht. Aber während Anima mit Wehmut auf die großen unterhaltsamen Einkaufs- und Vergnügungszentren blickte, war Pok in ihren Gedanken völlig bei Roxi. Immer wieder lief die Animation vor ihrem inneren Auge ab, so als habe sie diese über ihr MFA abgespeichert. Was mochte sie heute erwarten, wenn die Freundin in ihrer Gegenwart erneut aufgeweckt würde?

Das Institut befand sich am entgegengesetzten Stadtrand. Es kam deshalb erst in Sicht, nachdem sie den pulsierenden Stadtkern schon eine Weile verlassen hatten. Sie glitten sanft über große schachbrettartig anmutende landwirtschaftlich genutzte Flächen hinweg. Alles wirkte exakt geplant und überaus gepflegt.

Die landwirtschaftlichen Roboter waren die ersten Helfer der Frauen gewesen, als vor hunderten von Jahren das angenehmere Leben in der Gesellschaft nach der großen Katastrophe begonnen hatte.

Schnell entwickelten die Wissenschaftlerinnen die künstlichen Intelligenzen weiter und dehnten deren Fähigkeiten auf alle Lebensbereiche aus. Bis die Robos nicht mehr aus dem Leben der Frauen wegzudenken, ja völlig mit ihm verknüpft waren und einen Stand erreicht hatten, der ihnen ermöglichte sich selbst herzustellen, zu programmieren und zu warten, sowie ständig zu optimieren.

Eine der größeren intelligenten Maschinen war auf einem unter ihnen liegenden Feld mit der Ernte beschäftigt. Die unangenehmen Geräusche hielten sich dabei in Grenzen und auch der aufgewirbelte Staub wurde abgesaugt, um jegliche Luftverschmutzung zu verhindern.

Anima beobachtete wie die Maschine fast lautlos in regelmäßigen Reihen über das reife Korn glitt und die nackte Erde zurückließ. Die gleichmäßigen Bewegungen hatten etwas Tröstliches. Hier verlief alles in geordneten Bahnen.

Als das Institut immer näher kam, konnte sich auch Anima nicht länger auf die Umgebung konzentrieren. Die Erregung schnürte ihr die Luft ab. Und so landeten die beiden Frauen wieder vollkommen stumm ihren Gleiter und überließen ihn einem dafür programmierten Robo am Haupteingang.

Entgegen ihrer schlimmen Befürchtungen, trafen Anima und Pok auf eine Patientin, die sowohl wach als auch bei normalem Verstand zu sein schien. Roxi hatte auf ihrem Krankenlager eine mit mehreren Kissen gestützte Sitzhaltung angenommen und sah ihnen erstaunt entgegen, als sie von einem Pflegerobo geleitet nacheinander den schmucklosen hellen Raum betraten.

„Ach, Anima! Dass du hierher gefunden hast – lässt deine kostbare Zeit das zu?" Es war eine rhetorisch überspitzte Frage und drückte all ihre Missbilligung aus, die vermutlich auf die letzten

gemeinsamen Stunden vor über einem Jahr zu-
rückging. Sofort fiel ihr Blick aber an der ehemaligen Lebensgefährtin vorbei auf die erleichtert
lächelnde zarte Ärztin.

Sie streckte beide Arme nach Pok aus und rief:
„Komm an mein Herz, du treueste aller Freundinnen, die ich jemals hatte!" Schon lagen sie
sich in den Armen. Während Anima sich gedemü-
tigt und furchtbar überflüssig fühlte, stammelte
Roxi ein ums andere Mal, zärtlich am Hals der
Freundin geborgen: „Wie schön, dass ich dich
wiederhabe!"

Irgendwann löste sich Pok sanft aber bestimmt
aus der Umklammerung. „Wir freuen uns, dass
es dir besser geht, Roxi. Du warst beim ersten
Aufwecken ziemlich durcheinander und hast uns
große Sorgen bereitet." Sie stand etwas steif da,
hielt weiter die Hand der Freundin in ihrer, wählte aber ganz bewusst den Plural, um Anima ein-
zubeziehen.

Roxi bemerkte sofort, dass sie, was ihre ehemalige Gefährtin betraf, wahrscheinlich etwas zu hart
reagiert hatte. Sie schaute deshalb forschend in
deren Richtung, um die Situation genauer zu erfassen. Die Blonde fühlte in ihrem Inneren eine

nagende Eifersucht, hatte den Blick gesenkt und wirkte dadurch beinahe schuldbewusst.

„Ich erinnere mich nicht wirklich …", stammelte Roxi und schaute angestrengt gegen die triste Wand, als ob sie dort die Antwort auf all ihre Fragen finden könne.

„Du hast von Proles fantasiert und warst offenbar fern jeglicher Realität. Wir brauchen dich aber unbedingt so handfest, praktisch und intelligent wie du wirklich bist, damit wir das geplante Projekt in Angriff nehmen können", erklärte die dunkle zierliche Ärztin ihr sehr geduldig.

„Ja, Proles, meine wundervoll lebensbejahende Tochter … Ich glaube, dass ich von ihr geträumt habe. Aber es war ein beängstigender Traum. Sie kämpfte ums Überleben und ein riesiges weißes Ungeheuer kam darin vor. – Ja, es kann nur ein Traum gewesen sein – hoffe ich …" Sie stockte und Tränen traten ihr in die dunklen Augen. Dann klammerte sie sich schluchzend an Pok, um minutenlang an ihrer Schulter zu weinen.

„Roxi, ich verstehe deinen Schmerz, denn ich vermisse Aurea ebenso und bange jeden Tag, seit die beiden verschwunden sind, um ihr Leben. Gerade deshalb sollten wir unseren Streit begraben und endlich ernsthaft nach unseren Töchtern suchen."

Als Anima bemerkte, dass Roxi zu jammern aufhörte und sich ihr zuwandte, konnte sie sich dann doch nicht verkneifen hinzuzufügen: „Wenn Ihr beide mit derselben wissenschaftlichen Akribie bei der Sache sein könntet, die Ihr in jüngeren Jahren an den Tag gelegt habt, bin ich mir des Erfolgs vollkommen sicher." Sie blickte jetzt kämpferisch drein und warf ihren Kopf herausfordernd in den Nacken, so dass ihre kunstvolle Frisur etwas ins Rutschen geriet.

Roxi griff nach einem Pflegetuch, schnäuzte sich und schaute aus verweinten Augen zu Anima auf.

„Habt Ihr mich wirklich geweckt, um mit mir die Mädchen zu suchen?", fragte sie ungläubig. „Wie lange sind sie nun verschwunden?"

Die beiden Frauen gaben sich alle Mühe, Roxi auf den gegenwärtigen Stand der Dinge zu bringen, und da sie glücklicherweise wieder völlig bei Verstand schien, war dies kein hoffnungsloses Unterfangen.

Als Pok und Anima sich schließlich verabschiedeten, wirkten die ehemaligen Unstimmigkeiten beseitigt und alle drei Wissenschaftlerinnen

blickten der Exkursion in die unbewohnten Gebiete gespannt entgegen.

Strategien

In der vergangenen Nacht hatte Anima nach langer Zeit wieder einmal von ihrer verschollenen Tochter Aurea geträumt. Der Traum hatte harmlos angefangen, so als lebten sie beide noch in der ehemaligen Normalität. Die Tochter war wie früher zur Schule aufgebrochen. Danach hatte sie selbst sich ganz entspannt angeschickt, den Gleiter zum wissenschaftlichen Institut zu starten, als sich urplötzlich alles in ein infernales Chaos verwandelte.

Sie schien sich in einer atomaren Explosion zu befinden, wie sie mit den Animationen zu erleben waren, die von der großen Katastrophe vor zweitausend Jahren handelten. Auch auf den Hologrammen, die sie bei den Matriarchinnen gesehen hatte, stachen ihr die typischen Atompilze damals ins Auge. Jetzt war das zur entsetzlichen Wirklichkeit ihres Traumes geworden.

Aurea steckte ziemlich weit von ihr entfernt, aber immer noch in Sichtweite, in diesem Höllenspektakel fest, und sie selbst konnte nicht zu ihr gelangen. Ihr Gleiter gehorchte ihr nicht und als sie zu Fuß laufen wollte, versagten ihr die Beine den Dienst. Trotz aller schweißtreibenden Bemühungen bewegte sie sich keinen Millimeter von der Stelle. Hilflos musste sie mit ansehen, wie ihre geliebte Tochter zuerst zu glühen begann, sich dann zu einem großen leuchtenden Ball aufblähte, um sich allmählich im Feuer aufzulösen und schließlich mit blutroter Flamme unaufhörlich zu einem Häufchen Asche zu verbrennen.

Anima erwachte von ihrem lauten Schluchzen in schweißnassen Laken. Es war bereits hell in ihrem Zimmer. Der Robo näherte sich sofort ihrem Lager, um ihr zu Diensten zu sein. Völlig verwirrt starrte sie ihn unter Tränen an, während er das perfekt programmierte „Einen schönen guten Morgen, Anima!" mit wundervoll erotischer Stimme von sich gab.

Stöhnend schälte sie sich aus den verschwitzten Decken und trat ans Fenster. Sie gab den Impuls es zu öffnen, denn der Albtraum schnürte ihr noch immer die Kehle zu. Sie gierte nach frischer sauerstoffreicher Luft.

Unverzüglich umfing sie ein warmer Sommermorgen mit seinem charakteristischen blumigen Duft und dem Zwitschern und Summen der tierischen Gartenbewohner. Sie streckte beide Arme weit aus und saugte, wie eine vor dem Ertrinken Gerettete, die frische Luft in sich auf. Dann fasste sie den plötzlichen Entschluss, auf das gewöhnliche Frühstück zu verzichten, stattdessen, nur mit einem Eiweißdrink gestärkt, einen langen Spaziergang durch die Natur zu machen.

Als sie zur Mittagszeit gut gelaunt das Haus wieder betrat, fand sie Pok in konzentrierter Arbeitshaltung auf der Terrasse. Vor ihr stand ein großer Becher mit einem kühlen Getränk, daneben lag ein angeknabberter Energieriegel. Sie schaute nicht auf, als die Mitbewohnerin sich nachsichtig lächelnd eine Sitzgelegenheit an ihrer Seite zurechtrückte.

„Hallo, Pok, du arbeitest zu viel", konnte sich Anima nicht verkneifen die andere ein wenig zu kritisieren. Ein Robo fragte nach ihren Wünschen. Sie bestellte sich ebenfalls ein gekühltes Getränk. Von der Ärztin kam keine Reaktion. Pok schien in einer wichtigen Vernetzung gefangen zu sein. Anima vermutete, dass es sich wieder um eine Nachfrage in der Bibliothek handelte.

Seufzend nahm sie ihren Becher und trank einen gierigen Schluck. Die frische Luft hatte sie durstig gemacht, und sie fühlte auch ein leichtes Hungernagen in ihrer Magengegend. Interessiert betrachtete sie den Energieriegel, besann sich dann aber doch eines Besseren. Sie bestellte sich ein warmes Mittagsmahl und begab sich zum Erfrischen und anschließenden Essen in die inneren Räume.

Die Ärztin hatte sie tatsächlich nicht wahrgenommen. Sie befand sich in einer Vernetzung mit Roxi. Ihr drittes Auge blinkte emotional, während sie mit ihr eine schöne gemeinsame Erinnerung austauschte. Aber grundsätzlich hatten sie sich vernetzt, um über die Exkursion zu diskutieren.

Die Matriarchinnen hatten ihnen eine Vernetzung von täglich einer Stunde erlaubt, weil sie sich erhofften, dass Roxi dadurch schneller wieder integriert werden könne. Sie verhielt sich auch bereits, als habe sie den Kälteschlaf ohne schwere Schäden überstanden. Jetzt waren vielleicht noch ein paar Tage körperlicher Anpassung notwendig. Dann stünde der Verwirklichung ihres gemeinsamen Planes wahrscheinlich nichts mehr im Wege.

Pok bedauerte, dass Anima wenig zur Planung der Aktion beitrug, obwohl sie ja die treibende Kraft gewesen war und auch jetzt noch ein brennendes Interesse an der Durchführung zeigte.

Roxi war da schon weitaus besser zu gebrauchen. Sie machte, trotz ihres angeschlagenen Zustandes, wirklich konstruktive Vorschläge. Sie besaß eine praktische Seite, die Anima und Pok abging. So waren sie mit den Vorbereitungen, in der heutigen Vernetzung, ein ganzes Stück weitergekommen. Die Medizinerin wirkte danach äußerst zufrieden. Hatte sie sich doch von Anima diesbezüglich oftmals etwas alleingelassen gefühlt.

Sie biss energisch in den angeknabberten Riegel, der nach frischem Obst schmeckte, was sie immer wieder überraschte, und machte sich dann daran, die Liste der Dinge, die ihnen auf der Exkursion unentbehrlich wären, zu verlängern.

Es würde erforderlich sein, dass sie wenigstens einen Roboter für den Transport sowie den Aufbau der Zelte und der komplizierteren Gerätschaften, die sie zur Energiegewinnung und Wassersäuberung benötigten, mitnahmen. Die Wächterinnen, die sie begleiten sollten, waren eher für ihre Sicherheit und eventuell auch zur Überwachung der Exkursion gedacht. Sie würden keineswegs Hilfstätigkeiten übernehmen.

Ihr fiel gerade wieder ein, dass die Matriarchinnen ihr während Animas Abwesenheit ein erstes Treffen mit den ausgewählten Wächterinnen angekündigt hatten. Deshalb erhob sie sich nun etwas widerwillig, um Anima kurz aufzusuchen.

Sie fühlte sich in Gegenwart der Mitbewohnerin immer leicht unwohl. Manchmal dachte sie, die andere Frau erwarte von ihr tiefere Gefühle, die sie ihr leider nicht entgegenbrachte.

Als sie Roxi wiedergesehen hatte, waren hingegen viele Erinnerungen an wundervolle gemeinsame Zeiten aufgekeimt. Sie hatte sich ihrer ehemaligen Gefährtin näher gefühlt, als jemals zuvor.

Wie konnte sie Anima das schonend beibringen? Die schien immer noch um Roxi zu trauern und trachtete offenbar danach, diese Lücke um jeden Preis zu schließen.

Anima sah erstaunt von ihrem Vorspeisenteller auf, als ihre Mitbewohnerin den Raum betrat. „Oh, Pok! Ist deine Vernetzung endlich beendet? Möchtest du etwas mitessen? Es ist genug für uns beide." In ihrer Stimme schwang eine freudige Erregung mit, die die Ärztin schon häufiger wahrgenommen hatte.

„Nein, danke Anima. Vielleicht bestelle ich mir später etwas. Ich wollte dich nur schnell davon informieren, dass uns morgen die beiden Wächterinnen aufsuchen werden, die uns für die Exkursion zur Seite gestellt sind. Sie müssen sich ja offensichtlich freiwillig bereiterklärt haben. Deshalb sollten wir ihnen mit aller Freundlichkeit begegnen und vielleicht das Treffen nachher gemeinsam vorbereiten. Wir wollen ja nicht, dass sie noch abspringen." Die zierliche Frau warf mit einer geschmeidigen Bewegung und einem vielsagenden Blick ihren schwarzen Zopf über die Schulter nach hinten und wirkte plötzlich sehr selbstbewusst.

Anima konnte sich nicht dagegen wehren, leicht zu erröten. Sie bekam ihre Gefühle Pok gegenüber einfach nicht in den Griff, obwohl die Mitbewohnerin ihr jedes Mal zu demonstrieren schien, keinerlei Gedanken an mehr als eine projektbezogene Beziehung zu verschwenden.

„Ja, ich verstehe. Ich werde dich sofort nach dem Essen zur Abklärung der Strategie, die wir bezüglich der Wächterinnen wählen, aufsuchen. Wahrscheinlich bleibst du bei diesem schönen Wetter noch auf der Terrasse?" Pok hatte sich schon wieder fast aus dem Raum entfernt und nickte nur kurz im Weggehen.

Anima schob den Teller voller leckerer Fischhäppchen mit einer ärgerlichen Bewegung von sich. Ihr war der Appetit vergangen.

Wächterinnen

Völlig überwältigt von der Erscheinung der Wächterinnen, versuchte Anima im ersten Moment nur verzweifelt zu vermeiden, sie mit offenem Mund anzustarren. Pok hatte sich scheinbar sofort vollkommen im Griff und erhob sich freundlich, als die drei Frauen von dem Hausrobo geleitet den Wohnraum betraten.

Anima konnte sich des Gefühls nicht erwehren, dass die massigen Wächterinnen den gesamten Raum verdunkelten, während sie eintraten. Pok war etwa nur halb so groß wie diese Frauen und wog vielleicht gerade mal ein Zehntel.

Die drei lächelten freundlich aber vollkommen unverbindlich. Das Lächeln erinnerte ein wenig an das der Matriarchinnen. Jedoch standen hier drei Prachtweiber, die an Körpergröße Ihresgleichen suchten und deren stahlharte Muskulatur sich unter den hautengen grauen Uniformen exakt abzeichnete.

Eine der Wächterinnen war von schwarzer Hautfarbe, ähnlich wie Pok aber doch noch eine Nuance dunkler. Sie hatte ein strahlend weißes riesig wirkendes Gebiss, das ihr Gesicht auf beängstigende Weise dominierte. Die anderen waren hellhäutig und beide brünett. Ihre Frisuren wirkten sparsam. Es handelte sich ausnahmslos um pflegeleichte Kurzhaarschnitte. Die Frauen waren ungeschminkt aber nicht ungepflegt. Sie verbreiteten einen frischen natürlichen Duft im Raum, den Anima mochte. Er erinnerte sie an ihren gestrigen Spaziergang durch die Wiesen und Felder.

Damit die drei sich endlich setzten, und dadurch vielleicht nicht mehr so bedrohlich wirkten, schritt auch Anima ihnen entgegen, um sie freundlich zu begrüßen.

Es stellte sich schnell heraus, dass eine der Brünetten die Tonangebende der Gruppe war. Sie hatte dunkle stechende Augen in einem eher nichtssagenden glatten Gesicht. Anima hielt sie für die jüngste. Aber an ihrer Schulter prangten fünf rote Dreiecke, was wohl etwas über den Rang der Frau aussagte. Die beiden anderen trugen jeweils nur ein blaues Pentagramm und ein Dreieck auf der Uniform.

Pok wirkte professionell und sehr souverän im Umgang mit den Wächterinnen. Sie ließ sich auch von der nicht vereinbarten Überzahl keineswegs irritieren, während sich die Wissenschaftlerin damit eher schwertat. Sie fühlte sich von den gewaltigen Frauen sowohl eingeschüchtert, ja fast bedroht, als auch erotisch angezogen. Diese Kombination von Gefühlen machte sie nicht nur zu einer mundfaulen Gesprächspartnerin, sie ließ sie gänzlich verstummen und aufs Zuhören beschränkt ausharren, dankbar, dass die Ärztin so selbstverständlich das Wort führte.

„Wir sollten uns vielleicht erst einmal kurz vorstellen, damit Ihr wisst, wie Ihr uns korrekt anzusprechen habt. Immerhin werden wir eine längere gemeinsame Zeit verbringen und das unter sehr schwierigen Bedingungen", begann die Sprecherin belehrend.

Dann stellten sich die Wächterinnen mit geschliffen einstudierten Redewendungen kurz vor, ohne irgendetwas Interessantes außer Herkunft, Rang und den Namen von sich preiszugeben.

Die Anführerin nannte sich Ägide. Die Schwarze hieß Juxta und die dritte, welche sich eher im Hintergrund hielt und etwas schüchtern wirkte, Famula. Die Rangordnung war so, wie sich Anima das bereits aufgrund der Sterne und Dreiecke zusammengereimt hatte.

Die Anführerin musste mit *Caudilla Ägide* angesprochen werden, die übrigen nur mit *Wächterin* und ihren Namen. Alle Frauen waren in der Stadt geboren und aufgewachsen. Das war für Wächterinnen normal. Da sie wichtige Schutzfunktionen erfüllten, wurden sie sorgsam aus der Mitte der hiesigen Bürgerinnen ausgewählt.

In den wenigen offiziell besiedelten Außengebieten des Staates lebten nur einige Frauen gemeinsam mit zahllosen Hilfsrobotern. Von dort wurden zwar auch gelegentlich Geburten gemeldet, aber die Bedingungen unter denen die Frauen der Kolonien lebten, waren nicht ebenbürtig. Und so genossen deren Nachkommen ein geringeres gesellschaftliches Ansehen.

In den entfernten Gebieten, die meistens noch mittelmäßig nuklear verseucht waren, wurde teilweise der Abbau von Bodenschätzen betrieben oder Fischerei im großen Umfang. Einige landschaftlich attraktive Gegenden, die inzwischen keine schädliche Strahlenbelastung mehr aufwiesen, dienten hingegen vorwiegend dem hochwertigen Tourismus.

Die in den noch immer radioaktiv belasteten Exklaven lebenden Frauen wurden zwar regelmäßig untersucht und mit Schutzvorrichtungen und

Medikamenten versorgt, aber es kam leider hin und wieder vor, dass hier spezifische Erkrankungen oder Mutationen auftraten. Außerdem war die Lebenserwartung der Bewohnerinnen geringer als im offiziellen Staatsgebiet. Pok dachte über diese Zusammenhänge nach, während sie die perfekte Gastgeberin spielte und gleichzeitig völlig souverän das Gespräch mit den beeindruckenden Wächterinnen in Gang hielt.

Inzwischen hatte jede der anwesenden Frauen ein Getränk vor sich stehen. Auf dem Tisch in der Mitte der Sitzgruppe standen verschiedene Leckereien zum zwischendurch Knabbern. Während die Ärztin der Caudilla Ägide unter umfangreichen Erklärungen einen Speicherkristall mit ihren gesammelten Vorüberlegungen zur Exkursion überreichte, steckte sich Anima aus purer Verlegenheit einen kleinen Nusshappen in den Mund.

Sie versuchte ihn möglichst lautlos mit den Zähnen zu zermahlen, da jedes laute Geräusch beim Kauen als verpönt galt.

Eigentlich war sie eine Meisterin der guten Tischmanieren, aber die gespannte Atmosphäre machte ihren Mund trocken und ließ den kleinen harten Klumpen in ihrer Mundhöhle zu einem klebrigen Knebel anwachsen. Nun hatte sie noch einen Grund mehr zu schweigen und musste gleichzeitig gegen die aufsteigende Atemnot ankämpfen.

Als die Wächterinnen nach einem langen beiderseitigen Austausch von sachlichen Informationen, endlich das Haus verließen, konnte Animas Erleichterung fast dinglich wahrgenommen werden. Ihr gesamter Körper entspannte sich plötzlich, und die stieß einen tiefen Seufzer aus, während sich die Tür hinter den Frauen schloss.

Pok hingegen wirkte aufgeräumt und äußerst zufrieden mit dem Ergebnis der Unterhaltung.

„Nun, das haben wir ja hinbekommen! Mit diesen drei Wächterinnen lässt es sich gut leben. Die scheinen äußerst vernünftig und bestens ausgebildet zu sein. Ich glaube kaum, dass es sich von denen noch eine anders überlegt. Die wissen genau, was sie tun und was sie wollen. Und drei sind besser als zwei." Pok sprach fast wie zu sich selbst und beobachtete die Aufräumaktivitäten des Hausrobos währenddessen genauer, als es erforderlich gewesen wäre, statt Anima anzusehen.

Diese ließ sich wieder in eine der bequemen Sitzgelegenheiten sinken und grummelte nur zustimmend vor sich hin.

„Du wirkst heute etwas abwesend. Geht es dir nicht gut?", wandte sich Pok daraufhin doch direkt an ihre Mitbewohnerin.

Sie kehrte aber äußerst geschickt *die-um-jeder-Frau-Gesundheit-besorgte-Ärztin* heraus und schaute mit dem abschätzenden Blick der Medizinerin auf die unglücklich zusammengekauerte Anima herab.

„Ich habe Kopfschmerzen, und die ganze Diskussion war mir einfach zu anstrengend. Wahrscheinlich sollte ich mich besser in meine Räume zurückziehen und etwas ausruhen", erwiderte die blonde Frau mit leidender Stimme und erhob sich auch schon, um den Gemeinschaftsraum offensichtlich missgestimmt zu verlassen.

„Ja, dann ruhe dich erst einmal aus! Wir können mit den abschließenden Planungen auch morgen anfangen. Wahrscheinlich wird Roxi bald zu uns stoßen. Dann sind wir endlich komplett."

Pok wirkte keine Spur unglücklich, dass Anima sich anschickte, sie allein zu lassen. Sie war im Gegenteil aufgekratzt wie vor einer wichtigen

Verabredung. Es musste der Gedanke an die baldige Wiedervereinigung mit ihrer Freundin Roxi sein, vermutete die andere eifersüchtig und machte sich davon, wie eine beleidigte Hauskatze.

Genesung

Die schummrige Hütte war von warmer verbrauchter Luft erfüllt, als Aurea erwachte und sich erstaunt umsah. Sie tastete vergeblich nach der *kleinen Sonne*. Ihre Hände zupften hilflos an dem flachgedrückten klebrigen Fell herum. Sie fühlte sich zu schwach, um sich auch nur aufzusetzen.

Ein urtümlich gurgelnder Laut drang qualvoll aus ihrem trockenen Mund über die verkrusteten Lippen. Sofort kam Leben in ihre Umgebung. Zwei Gehilfinnen der alten Mutter sprangen herbei und redeten freundlich auf sie ein. Die eine stützte sie und hielt ihr eine Schale mit frischem Wasser an die Lippen. Wie gut das tat! Aurea schenkte ihr einen dankbaren Blick, während sie seufzend zurück auf ihr Felllager sank.

Das andere Weib war sofort aus der Tür geschlüpft, um die Alte herbei zu holen. Die Sonne schickte ihre wärmenden Stahlen in die Hütte, als *Duft der Kräuter* sie kurz darauf betrat und die Tür weit öffnete. Endlich frische Luft, dachte die Kranke erleichtert. Die Alte legte ihr fast zärtlich die runzlige Hand auf die Stirn und nickte dann lächelnd.

„Du wirst gesund, *Sonnenhaar*", sagte sie mit fester Stimme. Dann ließ sie sich an der Seite des Lagers nieder, um ihre Dankgebete zu murmeln. Aurea entspannte sich und schlief wieder ein. Erst der köstliche Duft von frisch gekochtem Eintopf ließ sie die Augen erneut aufschlagen. Ein junges Weib brachte ihr eine Schale mit Essen. Als Aurea vergeblich versuchte sich aufzusetzen, half sie ihr geduldig und stützte ihren Rücken mit Fellen und Kissen ab. Dann hielt sie das Gefäß fest, damit die Genesende daraus problemlos essen konnte.

„Danke", brachte die junge Frau nur heiser hervor und begann vorsichtig die köstliche Nahrung in kleinen Häppchen in ihren Mund zu befördern. Ihre Zunge war sehr schwerfällig und das Schlucken bereitete ihr Schmerzen. So gelang es ihr nur wenig Nahrung zu sich zu nehmen. Ihr knurrender Magen hätte mehr vertragen können, aber die Anstrengung schwächte sie, sodass sie sich bald wieder ausruhen musste.

Einige Stunden später, aß und trank sie aber bereits selbständig und verlangte danach, ihre Tochter zu sehen. Wieder trat die alte Mutter lächelnd an ihr Lager. In einfachen Sätzen erklärte sie ihr, dass sie lebensbedrohlich erkrankt gewesen war und die *Tochter der Sonne* deshalb in die Obhut der *Braunen* übergegangen sei. Ihr Milchfluss war gestoppt worden, da sich die Brüste gefährlich entzündet hatten. Sie würde das Baby nun nicht mehr stillen können.

„Aber du wirst bald ein neues Kind haben", tröstete sie die Alte und klopfte ihr leicht auf den Bauch.

Aurea erschrak. Sie sah an ihrem Körper hinab. Die Brüste waren wieder auf die normale Größe vor der Schwangerschaft geschrumpft. Nur die Brustwarzen wirkten noch immer etwas rötlich entzündet. Der Bauch war sehr flach. Sie schien insgesamt durch die Krankheit an Gewicht verloren zu haben.

Dann schoss ihr der Gedanke an ihr Baby durch den Kopf und direkt wie ein Pfeil ins Herz. Ein nicht zu stoppender Fluss von Tränen ergoss sich aus ihren blauen Augen über die eingefallenen Wangen, als wollte er die gesamte Hütte unter Wasser setzen.

„Ich muss zu ihr", stammelte sie zwischen den Schluchzern. „Ich will die *Tochter der Sonne* sehen!"

Weil die Alte sie weder mit Worten noch mit dem Auflegen ihrer Hände beruhigen konnte, entfernte sie sich schließlich und ließ Aurea allein. Da ihr das Aufstehen nicht gelang, heulte sie weiter in das muffig riechende Fell und fühlte sich dabei sterbenselend.

Schließlich zuckte sie unter der Berührung einer kühlen Hand an ihrer Schulter erschreckt zusammen. An ihrem Lager stand die *Braune* mit beiden Kindern. Sie sah Aurea sehr ernst an und reichte ihr dann die *kleine Sonne* aufs Krankenlager.

„Oh, da bist du ja, mein süßer kleiner Schatz", flüsterte Aurea mit tränennasser Stimme. Sie zog das Baby an sich und küsste es innig. Wie weich die zarte Haut war und wie seidig das Haar. Sie streichelte sanft die niedlichen kleinen Ohrmuscheln. Und seufzte: „Du bist ja noch schöner geworden, mein Liebling!"

Das rosa Mündchen der Kleinen begann emsig nach ihrer Brustwarze zu suchen. Als die Milch nicht floss, gab das Baby ein verstörendes Geschrei von sich und fing an nervös mit Armen und Beinen um sich zu schlagen.

Aurea blickte hilflos zu der *Braunen* auf, die sie mit der Kleinen beobachtete und vollkommen entspannt der Dinge harrte, die da kommen würden. Jetzt streckte sie liebevoll die Arme aus und hob Aureas Tochter an ihre braune pralle Brust, wo die Kleine sofort ruhig zu nuckeln begann. Sie hatte keinen Blick mehr für ihre leibliche Mutter, sondern schlief, nachdem sie satt war, sofort ein, schützend in das Tuch der *Braunen* gekuschelt und an deren warmer Brust geborgen.

Aurea schaute mit tiefer Traurigkeit auf diese innige Szene. Sie selbst war für ihre kleine Tochter überflüssig geworden! Nun hatte sie plötzlich keine einzige Träne mehr, als ob der schmerzhafte Kloß in ihrem Hals den Tränenfluss verstopfte. Sie versuchte sich zu räuspern, um irgendetwas zu sagen. Sie wusste, dass die *Braune* keine Schuld an ihrem Schicksal trug, sondern sie ihr im Gegenteil zu danken hätte. Kein Ton wollte von ihren Lippen kommen.

Aber das verstand die Freundin scheinbar intuitiv. War sie es doch, die ihren Gefühlen niemals durch Worte Ausdruck verleihen konnte. Sie zeigte ihr ein schüchternes Lächeln. Dann nahm sie ihre Hand und drückte ihr zum Abschied einen Kuss auf die Handfläche. Leise wie sie gekommen war, verschwand sie wieder durch die offene Tür nach draußen in den hellen Sonnenschein, und die vertrauten Geräusche auf dem Dorfplatz nahmen sie ganz selbstverständlich in Empfang.

Aurea starrte an die Decke der primitiven Hütte. Schillernde Insekten schwirrten summend zwischen dem Gebälk. Auf einmal sehnte sie sich nach der Zivilisation. Alles wäre dort anders! Wer weiß, ob sie überhaupt erkrankt wäre. Die Medizin war in der Gesellschaft der Frauen sehr fortschrittlich. Und sie hätte ihr Töchterchen notfalls mit Ersatzmilch ernähren oder ihm eine Amme besorgen können, so wie ihre liebe Lenis eine gewesen war.

Sie könnte schon bald ein neues Baby haben?

Die ganze Tragweite dieser Aussage überkam sie wie mit einem Hammerschlag. Ruckartig setzte sie sich auf, obwohl ihr gesamter Körper schmerzte. Die Jagd auf sie würde, sobald sie wieder völlig gesund war, eröffnet werden! Nichts würde sie vor der Nachstellung der kraftstrotzenden Jäger bewahren, die sie erneut befruchten wollten. Niemand würde hier ihre Abneigung gegen diesen schmerzhaften Akt verstehen.

Alle Weiber suchten sich Kerle aus, die sie befruchteten. Mutter zu werden, war die höchste

Bestimmung eines Weibes im neuen Volk der Fahlen. Es war das Natürlichste überhaupt, hatten ihr die Weiber immer wieder verdeutlicht. Und sie lachten gutmütig, wenn die Fremde mit dem Sonnenhaar schmerzlich das Gesicht verzog und eine abwehrende Geste machte. Ja, damals hatte sie manchmal verlegen in das Lachen eingestimmt, um nicht ausgeschlossen zu werden. Damals hatte sie auch noch viel Zeit gehabt bis zur nächsten Befruchtung – beruhigend viel Zeit.

Zukunftsängste

Als sich das geschäftige Treiben auf dem Dorf-platz zu regen begann, war Aurea bereits seit Stunden wach. Sie hatte lange grübelnd an die nachtdunkle Decke der Hütte gestarrt. Dabei beobachtete sie äußerst angespannt, wie sich die gespenstischen Konturen der rauen Balken all-mählich aus der Dunkelheit schälten, um endlich in gewohnter realer Form vor ihren Augen Ge-stalt anzunehmen. Könnten doch die Gespenster in ihrem Kopf auch von der aufgehenden Sonne vertrieben werden wie die Schatten der Nacht!

Sie fühlte keine Freude an ihrer merklich wieder-kehrenden Gesundheit, an ihrem regen Appetit und dem Drang ihres Körpers, endlich wieder durch die Wiesen und Felder laufen zu wollen. Da sie noch immer unter Bewachung durch die Hilfsweiber der alten Mutter stand, wagte sie es zunächst nicht, sich zu rühren, um keine ihr lästi-gen Aktivitäten heraufzubeschwören.

Als jetzt aber das Leben im Dorf erwachte, sah automatisch eine der gewissenhaften Aufpasse-rinnen nach ihr, um festzustellen, ob sie etwas benötigte. Seit sie bei Bewusstsein war, hatte sie ihre Notdurft in ein Gefäß innerhalb der Hütte verrichtet. Dieses wurde von den Helferinnen entleert. Aurea wollte diese in ihren Augen entwürdigende Situation so schnell wie möglich beenden, deshalb erhob sie sich selbständig von ihrem Lager, um wie üblich nach draußen zu verschwinden.

„Ich soll mit dir gehen. Du bist noch schwach", bedeutete ihr die eingeteilte Helferin und ließ sich von ihrem Auftrag auch nicht abbringen, als Aurea ihr mürrisch widersprach. Nach den ersten wackligen Schritten, sah sie dann ein, dass die Begleitung absolut erforderlich war. Sie ließ sich von dem freundlichen Kräuterweib stützen und genoss es sogar ein wenig, sich wieder unter freiem Himmel zu befinden.

Die Blicke vieler Stammesgenossen folgten ihr neugierig auf dem Weg zu dem nächstliegenden schützenden Gehölz, das als Abort diente. Es wurde fast nur von den Kindern und den Alten benutzt, da diese selten weiter vom Lager entfernte Orte aufsuchten.

Aurea hatte sich, als sie noch gesund war, vorwiegend an einsamen Stellen, so weit wie möglich vom Dorf entfernt, erleichtert. Trotzdem fürchtete sie ständig, dabei von irgendwelchen Jägern beobachtet zu werden.

Während sie die peinliche Prozedur unter weiblicher Aufsicht hinter sich brachte, dachte sie mit Schrecken an eine Zukunft, die ihr mit Gewissheit bald die ungeteilte Aufmerksamkeit aller zeugungsfähigen Kerle des Stammes einbringen würde.

Der kleine Ausflug schwächte sie, mehr als ihr lieb war. Und so nahm sie die erste Tagesmahlzeit wieder auf ihrem Lager ein, jedoch diesmal völlig ohne fremde Hilfe. Danach schlief sie einige Stunden mit unruhigen Träumen, in denen sowohl ihre kleine Tochter, als auch Proles, ihre verlorene Schwester, bizarre Hauptrollen spielten.

Als sie aus den Träumen erwachte, sah sie sich unverhofft der befreundeten *Braunen* gegenüber, die ihr wieder freundlich ihr Töchterchen reichte. Die Kleine war diesmal offensichtlich nicht hungrig. Sie konnte kaum einige Sekunden für einen winzigen verschlafenen Blick auf ihr Mutter erübrigen, bevor sie wieder vollkommen satt und zufrieden einschlief. Aurea betrachtete das schlafende Baby in ihrem Arm mit großer Zärtlichkeit. Sie streichelte es sanft, um es nicht im Verdauungsschlaf zu stören und betrachtete liebevoll die langen seidigen Wimpern an den geschwungenen Lidrändern, die die leicht im Schlaf hin und her rollenden Augäpfel verdeckten. Der zarte rosige Mund nuckelte unaufhörlich, wahrscheinlich in einer wohligen Traumerinnerung an prall gefüllte Brüste.

„Oh, du meine Süße! Du bist doch mein ganzes Leben, meine *kleine Sonne*", flüsterte die junge Mutter unter den Tränen, die ohne Aufforderung sofort wieder in ihre Augen getreten waren, um das Bild der geliebten Tochter erbarmungslos zu verschleiern.

Die *Braune* berührte zögerlich Aureas Schulter und lächelte unsicher. Dann beugte sie sich plötzlich entschlossen vor und ergriff ihr Adoptivkind mit geschickten Bewegungen, um es wieder sorgfältig an ihrer Brust zu bergen. Nach einem aufmunternden Nicken verließ sie die Hütte mit festen Schritten, die ihre Sicherheit und Stärke angesichts der Aufgabe, die ihr zugeteilt worden war, hervorragend ausdrückten.

Die Tränen waren danach Aureas einzige Begleiterinnen, die sie zuverlässig durch den Tag schwemmten. Selbst die Helferinnen hatten die Hütte inzwischen verlassen und schenkten ihr nur noch verminderte Aufmerksamkeit. Sie lag nun nicht mehr steif auf ihren Fellen, sondern bewegte sich in der Hütte, um wieder zu Kräften zu kommen.

Ihre unendliche Traurigkeit, wegen des offensichtlichen Verlustes ihrer Tochter, und ihre Ängste vor der Zukunft, brachten eine innere Unruhe mit sich. Sie konnte einfach nicht still der Dinge harren, die da kommen würden. Sie musste eine Möglichkeit finden, ihre unerträgliche Situation irgendwie sehr schnell zu verbessern.

Noch war sie nicht vollkommen wiederhergestellt. Jeder im Stamm konnte erkennen, dass sie von der schweren Krankheit gezeichnet war. Die alte Mutter würde das Volk informieren, sobald sie für die Werbung der Jäger freigegeben war. Also blieb ihr noch mindestens eine Schonfrist bis zu ihrer Regelblutung. Vielleicht verzögerte sich diese durch die überstandene schwere Krankheit um einen oder zwei Zyklen? Vielleicht ergab sich auch die Gelegenheit, ihren fruchtbaren Zustand eine Weile zu verbergen?

Sie weinte wieder heftiger, weil sie wenige Chancen sah, dem Unheil länger als einen Monat zu entgehen.

Nachdem sie die letzte Mahlzeit des Tages ziemlich lustlos zu sich genommen hatte, um mit verheulten Augen minutenlang in die leere Schüssel zu starren, betrat *Duft der Kräuter* plötzlich die Hütte. Es war im Grunde eine Selbstverständlichkeit, denn Aurea befand sich ja seit der Krankheit in der Hütte der Alten, die auch als eine Art Krankenstation fungierte.

Da die junge Frau aber fast die ganze Zeit bewusstlos gewesen war, hatte sie nichts über die Gewohnheiten des Weibes mitbekommen. Sie wusste nicht einmal, ob diese, während Aureas mehrtägigen Aufenthaltes, hier überhaupt gewohnt und geschlafen hatte. Soweit sie sich erinnerte waren meist nur die helfenden Kräuterweiber anwesend gewesen, um ihr beizustehen.

Nun hockte sich die alte Mutter ganz selbstverständlich neben sie, nahm ihr den leeren Essensnapf aus der Hand, um ihn beiseite zu stellen und ergriff ihre beiden Hände. Aurea konnte nicht verhindern, dass sie zitterte. Angstvoll schlug sie die Augen nieder. Was hatte die Alte nun mit ihr vor?

„Schau mir in die Augen, *Sonnenhaar!*", verlangte das Kräuterweib mit strenger Stimme. Dann fügte sie etwas freundlicher hinzu: „Keine Angst!"

Aurea leistete nur widerstrebend Folge. Das alte Weib sah sie aber fast liebevoll an, so dass ihre Ängste etwas gedämpft wurden. Die runzlige Hand strich sanft über das verschwitzte Haar der jungen Frau, als wollte sie ein kleines Mädchen beruhigen. Und sie murmelte in einem unverständlichen Singsang vor sich hin, während Aurea es nicht wagte, sich zu rühren.

Schließlich erhob sich die Alte ganz unvermittelt und schickte sich an, die Hütte wortlos wieder zu verlassen. In der geöffneten Tür drehte sie sich jedoch noch einmal zu Aurea um und sagte in einem Befehlston, der keinen Widerspruch duldete: „Du schläfst heute Nacht hier. Morgen gehst du in die Hütte der jungen Weiber."

Reinigung

Die Nacht verging für Aurea wie im Fluge, obwohl sie weitgehend wach lag und sich grämte. Es war ihr genauso ergangen, wie in ihrer Kleinmädchenzeit, als hin und wieder eine lächerliche Angst vor dem nächsten Tag sie gefangen nahm, und sie gebetet hatte, der Morgen möge niemals anbrechen. Dann kam der Sonnenaufgang jedes Mal mit einer unerbittlichen Geschwindigkeit und machte alle ihre naiven Hoffnungen auf ein Entrinnen zunichte.

Sie wurde noch vor der ersten Mahlzeit einer Hütte mit jungen Weibern zugeteilt. Es handelte sich hier um ehemalige Mütter, die ihre Kinder bereits abgestillt hatten, aber noch nicht wieder schwanger waren.

Also alle zum Abschuss freigegeben, dachte Aurea, während sie übelgelaunt ihren Lagerplatz richtete.

Danach hatte sie nicht viel Gelegenheit zum Grübeln, denn sie war für die Zubereitung der Mahlzeit eingeteilt. Die Tätigkeit half ihr ein wenig über die Traurigkeit hinweg. Und nach dem Essen, zwischen den lachenden und schwatzenden Weibern, fühlte sie sich so stark, dass sie beschloss, sich im Fluss richtig zu säubern.

Trotz der Waschungen mit Kräuterbeigaben, die die Helferinnen auf Geheiß der alten Mutter vorgenommen hatten, haftete der Krankheitsgeruch ihrem Körper noch an. Und sie wollte unbedingt vermeiden, das frische Lager damit zu infizieren.

Es war ein wundervoller Sommertag, und Aurea genoss den Weg barfuß durch das kühlende Gras am Flussufer. Sie beschloss sich eine weite Strecke vom Dorf zu entfernen, um völlig ungestört ein ausgiebiges Bad zu nehmen und einige Kleidungsstücke gründlich zu waschen.

Die aufmerksame Alte hatte ihr, als sie das Dorf verließ, eine im Wasser schäumenden Substanz zugesteckt, die sowohl zur gründlichen Reinigung als auch zur Desinfektion von Körper und Wäsche helfen sollte. Jedenfalls verströmte der faustgroße Klumpen schon im trockenen Zustand einen wundervoll frischen Duft, sodass die junge Frau ihn dankbar entgegengenommen hatte.

Im Verlaufe ihrer kleinen Wanderung fiel die tiefe Traurigkeit langsam von ihr ab. Und da sie sich endlich wieder völlig frei fühlte, wurden auch die übrigen Ängste etwas in den Hintergrund gedrängt.

Eine kleine unschuldige Melodie schmuggelte sich unversehens in ihren Kopf, um dann auch zügig den Weg über ihre willigen Lippen zu finden. Im Rhythmus dieses kleinen Liedes bewegte sie sich, ihrer frisch erweckten Körperlichkeit erfreuend, bald beschwingt an dem in der Sonne schillernden Flusslauf entlang.

Hier und da scheuchte sie kleine Tiere auf, die erschreckt davonstoben. In den Bäumen lärmten Vogelscharen in ständigem Konkurrenzkampf um die reifen Beeren in den Wipfeln.

Aurea wurde von großen in allen Farben leuchtenden Schmetterlingen begleitet. Sie vermutete, dass diese von dem duftenden Kloß in ihrer Hand angelockt wurden. Da diese Insekten vollkommen ungefährlich und in ihrer Grazie und Zartheit so hübsch anzusehen waren, genoss sie deren zufällige Begleitung mit all ihren Sinnen.

Endlich fand sie eine Stelle am Fluss, die ihren Anforderungen gerecht wurde. Es gab einige große flache Steine am Ufer, auf denen sie ihre Wäsche waschen und trocknen konnte. Das klare Wasser ließ sie einen ungehinderten Blick auf den Grund werfen, den sie mit bloßen Füßen hervorragend beschreiten konnte. Keine Untiefen, keine seltsamen Strömungen, nur ruhig fließendes sauberes Wasser mit einigen winzigen scheuen Fischen – so liebte sie es!

Sie hob einen längeren Ast auf und schlug damit ins Ufergras, um eventuell verborgenes Getier aufzuscheuchen. Schließlich wollte sie nicht von schlafenden Reptilien oder größeren Wassersäugern, die gern in Ufernähe ausruhten, erschreckt werden.

Dann konnte sie sich dem frischen Bad beruhigt ausliefern. Ihr verschwitztes verknotetes Haar und ihr ausgezehrter Körper schienen förmlich aufzuleben, als sie mit der duftenden Reinigungssubstanz behandelt wurden.

Aurea ließ sich Zeit. Sie hatte überhaupt keine Eile ins Dorf zurückzukommen. Es war nun tagelang auch ohne ihre Mitwirkung gegangen, da würde sie heute garantiert niemand vermissen.

Einen flüchtigen Moment dachte sie an ihre kleine Tochter, doch bevor die Traurigkeit zurückkehren konnte, verscheuchte sie den Gedanken, indem sie lange und tief unter die Wasseroberfläche tauchte.

Als sie völlig atemlos wieder an die Luft kam, stapfte sie ans Ufer und machte sich daran, ihre Wäsche durch kräftiges Rubbeln zu säubern.

Ihre Haut ihrer Finger wellte sich nach einer Weile unangenehm von der im Wasser aufgelösten schäumenden Masse. Deshalb spülte sie alles gründlich aus und breitete die Tücher, die tatsächlich erstaunlich sauber aussahen, auf den Steinen in der Sonne aus.

Ihr Haar war schon fast trocken. Also versuchte sie sich darin, es mit einem Knochenkamm, den ihr die *Braune* geschenkt hatte, zu ordnen. Das Flechten wollte ihr noch immer nicht gelingen, deshalb legte sie nur das noch feuchte Stirnband an.

Dann saß sie ohne irgendein Zeitgefühl völlig nackt auf einem der großen warmen Steine, stütze sich nach hinten mit den Händen ab und bot ihren sauberen schlanken Körper ungeniert der Sonne dar. Die Schmetterlinge flatterten derweil beruhigend über der gewaschenen Wäsche, als wollten sie beim Trocknen helfen.

Über ihr war der blaue Himmel mit kleinen Wolkenhäufchen betupft. Ein warmer aromatischer Wind streichelte sanft ihre kühle Haut und spielte mit ihrem goldenen Haar.

„Das ist Leben!", schien ihr Blut begeistert zu singen.

In diesem Moment fiel ihr die kleine Flöte ein, die sie überall hin begleitete. Sie griff in ihren Beutel, der neben dem Stein lag, und entnahm ihm das Instrument. Geschmeidig hockte sie sich in den Schneidersitz und erfüllte die Luft mit wundervollen Melodien aus einer anderen Welt, die sie für immer verloren glaubte.

Das haarsträubende Knurren kam so unerwartet, dass sie noch einige Töne spielte, bevor ihr die Flöte aus der zitternden Hand fiel und sie sich schaudernd umwandte.

Als sie dem riesigen Ungeheuer direkt in die roten Augen blickte und seine gefletschten Reißzähne unausweichlich auf sich zukommen sah, entrang sich ein Todesschrei ihrer Kehle, wie sie ihn nie zuvor von sich gegeben hatte.

Sie fühlte sich für einen Wimpernschlag unmittelbar zurückversetzt an den längst vergangenen Tag, als ihre Schwester Proles in einem Kampf auf Leben und Tod genau einem solchen gewaltigen weißen Wolf gegenübergestanden hatte.

Dann entschwanden ihr die Sinne, weil ihr geschwächter Körper dieser plötzlichen Stresssituation nichts mehr entgegenzusetzen wusste.

Begegnung

Als Aurea erwachte, brauchte sie eine Weile, um sich zu erinnern. Sie lag eingehüllt in ihre gewaschenen Tücher auf einem Fell unter freiem Himmel, denn sie konnte die Sichel des Mondes in einem Meer von glitzernden fernen Sonnen ausmachen.

Unweit von ihr brannte ein Feuer. Mit dem Rücken ihr zugewandt hockte eine dunkle Gestalt aufrecht zwischen ihr und den züngelnden Flammen. Diese schien Wache zu halten. Obwohl sie nur die Silhouette wahrnahm, wusste sie sofort, dass es niemand vom Volk der Fahlen sein konnte, denn der Schatten wies eine starke Kopfbehaarung auf.

Innere Unruhe erfasste die junge Frau. Noch verhielt sie sich aber vollkommen reglos und ließ nur ihre Augen, die sich allmählich an die Dunkelheit gewöhnten, angstvoll die Umgebung erkunden. Sie suchte nach weiteren Gestalten. Dann erblickte sie in einiger Entfernung einen weißen Fellberg, der von dem gespenstisch flackernden Schein erhellt wurde. Blitzartig kehrte ihre Erinnerung zurück, und sie schnellte mit einem Aufschrei vom Lager hoch.

Die dunkle Gestalt sprang in einem gewaltigen Satz auf. Die verschreckte Frau sah im flackernden Feuerschein ein total behaartes Wesen mit großen Schritten auf sich zueilen. Es war offenbar nur mit einem Lendenschurz bekleidet und trug in der Hand eine Waffe, die sie in der Dunkelheit nicht identifizieren konnte.

Aurea rannte los. Sie warf die Tücher, die sich verhängnisvoll um ihre Beine wickelten und sie beinahe zu Fall gebracht hätten, mit einem Ruck von sich und floh so schnell sie es vermochte in die Dunkelheit. Die Angst verlieh ihr ungeahnte Kraft. Obwohl sie kaum den Boden unter den Füßen sah, hastete sie, sich immer am leicht glitzernden Fluss orientierend, dem schützenden Dorf entgegen.

Nun bedauerte sie es, sich soweit davon entfernt zu haben. Sie wagte es nicht sich umzudrehen, hörte aber am Keuchen des Wesens und Rascheln des Grases, dass sie ausdauernd verfolgt wurde.

Als sie einige Minuten so gerannt war, und die Kraft sie zu verlassen drohte, gewahrte sie einen riesigen schimmernden Schatten, der sie mühelos überholte und im nächsten Moment knurrend stellte.

Die weiße Kreatur hatte sie erwischt!

Aurea riss beide Arme schützend vor ihr Gesicht und schrie, als wolle ihre Seele den Leib verlassen. Sie hörte auch nicht auf zu kreischen, als jemand ganz sachte ihre nackte Schulter berührte. Entsetzt schüttelte sie die Hand ab, wandte sich voller Angst und Wut um und schlug in wilder Verzweiflung auf das haarige Wesen ein, das nun seinerseits einen leisen erschreckten Laut von sich gab.

Dann packten sie zwei sehnige starke Hände und machten sie mit einem schnellen geübten Griff kampfunfähig. Hilflos sank sie in die Knie und winselte nur noch. Zwischen ihren Tränen nahm sie wahr, dass der riesige weiße Wolf sich ihr knurrend näherte und kreischte erneut laut auf.

„Liegen!", befahl der Haarige, denn an seiner dunklen Stimme erkannte Aurea, dass es sich um ein maskulines Wesen handelte. Sie legte sich gehorsam ganz flach ins feuchte kühle Gras. Jeglicher Widerstand war in ihr gebrochen. Zitternd, nackt und wehrlos wie sie war, konnte sie nur noch durch Unterwürfigkeit überleben.

„Doch nicht du, Aurea", rief der Behaarte plötzlich laut und sie glaubte, ihn leise lachen zu hören.

Nun erschrak die junge Frau erst recht. Sie verstand nicht mehr, was hier geschah. Hatte er ihren Namen ausgesprochen? Und plötzlich fiel ihr auf, dass er ihre Muttersprache benutzte. Auch wenn er in der Dunkelheit genauso aussah, konnte er eigentlich kein Homomaskuliner sein, weil diese stumm waren.

Seit sie vor über einem Jahr von zuhause fortgelaufen war, hatte sie Dinge kennengelernt, von deren Existenz sie vorher keinerlei Ahnung gehabt hatte. Warum also sollte es nicht auch einen Homomaskulinen geben, der ihrer Sprache mächtig war? Sie sah eine winzige Chance darin, mit diesem Wesen zu kommunizieren. Es konnte nicht so wild sein, wie es den Anschein erweckte, hoffte sie inständig.

„Woher kennst du meinen Namen?", fragte sie deshalb zaghaft und noch immer etwas hinter Atem, um möglichst geschickt ein deeskalierendes Gespräch zu beginnen. Währenddessen erhob sie sich vorsichtig auf die Knie und hielt die Arme schützend vor ihre bloßen Brüste. Gut, dass die Sonne noch nicht aufgegangen war, um ihre Nacktheit unbarmherzig zur Schau zu stellen.

„Lass uns in aller Ruhe zum Feuer zurückkehren, dann werde ich dir alles erklären. Dir droht keine Gefahr", antwortete der Homomaskuline in einwandfreier Ausdrucksweise. „Und tu mir einen Gefallen, kreische nicht dauernd so laut! Das macht den Wolf unruhig. Der frisst dich schon nicht."

Dann half ihr der Homo auf die zitternden Beine und begann wortlos neben ihr den Weg zurückzuschreiten. Die beängstigende Kreatur folgte ihnen auf sein Kommando in einigen Metern Abstand wie ein dressierter Hund.

Aurea ließ das lange Haar gleichmäßig um ihren Körper flattern, um möglichst zu verhindern, dass ihre nackte helle Haut das Licht der Morgendämmerung aufreizend reflektierte. Sie wusste nur zu gut, was eine junge schöne Frau, dazu vollkommen nackt und wehrlos, von einem maskulinen Wesen zu erwarten hatte. Lauernd warf sie deshalb immer wieder forschende Blicke auf den zweibeinigen Begleiter.

Der lief aber scheinbar vollkommen entspannt neben ihr her, hielt den Kopf gesenkt, um sie auf etwaige Hindernisse sofort hinzuweisen und schenkte ihr sonst nicht die geringste Beachtung. Vor dem weißen Untier hatte sie nun keine große Furcht mehr, seit sie gesehen hatte, wie es aufs Wort parierte und lammfromm hinter ihnen her trottete.

Als sie die Feuerstelle erreichten, begann der Tag sich zu erheben. Aurea stürzte sofort auf ihre wild verstreuten Tücher zu und hüllte sich darin ein, bis nur noch ihr Gesicht unbedeckt war.

Der Homo sah ihr belustigt zu. Sein Kopfhaar war dunkel und sehr kraus. Es reichte ihm bis zu den breiten Schultern. Sein Gesicht wirkte bis auf die Augen und die markante Nase mit Haaren zugewachsen. Selbst den Mund konnte sie nur erkennen, wenn er sprach oder lachte. Dann blitzten auch zwei Reihen weißer gesunder Zähne daraus hervor.

Er hatte einen athletischen Körperbau mit einer breiten behaarten Brust. Auch die sehnigen Arme und Beine wiesen kleine dunkle Haare auf, jedoch war seine Rückseite vollkommen unbehaart und zeigte eine helle, wenngleich von der Sonne leicht gebräunte Hautfarbe.

Der ungeschickt zurechtgeschnittene lederne Lendenschurz bedeckte den Unterleib, sodass sie nicht sehen konnte, ob er einen behaarten Schwanz besaß.

Da sein Gesäß frei war, versuchte sie von hinten einen realistischen Eindruck von seinem Geschlechtsteil zu erhaschen. Was ihr allerdings nicht gelang, obwohl er gebückt am Feuer hantierte. So musste sie sich mit den unbehaarten muskulösen und zugegebenermaßen wohlgeformten Hinterbacken zufrieden geben.

Nachdem sie ihn so eine Weile gemustert hatte, während er den Wolf fütterte und anschließend ein Mahl für sie beide bereitete, kam sie zu dem Schluss, dass er kein hässliches Wesen seiner Art war. Er stank auch nicht abstoßend und bewegte sich anmutig und sehr geschickt.

Aurea begann plötzlich unter der übertriebenen Verhüllung zu schwitzen, deshalb legte sie eines der Tücher ab. Nun waren nur noch ihre Brüste und ihr Unterleib verdeckt. Ihr Haar flatterte wieder wild im leichten Sommerwind und ihre schlanken Arme und Beine waren frei beweglich.

„Ah, die Dame hat sich den sommerlichen Temperaturen wieder angepasst! Du brauchst dich nicht vor mir zu verhüllen. Ich hab dich gestern bewusstlos und vollkommen nackt hierher getragen", frotzelte der Homo mit dunkler melodischer Stimme und reichte ihr lächelnd ein großes Blatt mit einem herrlichen gebratenen Fisch und einer essbaren Wurzel.

Während sich die junge Frau leicht errötend bedankte, hockte er sich neben sie und begann ebenfalls mit großem Appetit zu essen.

„Du bist dünn geworden, Schwesterlein", stellte der Fremde zwischen zwei Bissen fest.

Und Aurea starrte ihn an wie vom Donner gerührt. Der angeknabberte Fisch rutschte ihr aus dem Blatt und fiel zu Boden.

„Ja, da haben wir es wieder! Wenn du so mit dem guten Essen umgehst, kannst du auch nicht dicker werden", schulmeisterte er breit grinsend und erhob sich, um ihr einen neuen Fisch von der Feuerstelle zu holen.

Als er wieder zu ihr zurückkehrte, hatte sie ihre Stimme wiedergefunden: „Proles?", stammelte sie ungläubig und starrte in das haarige Gesicht. Ja, die Augen waren wohl die ihrer Schwester Proles - aber das war einfach unmöglich!

Proles schob ein ledernes Armband zur Seite und zeigte der Freundin das MFA, welches sie damals außer Betrieb gesetzt hatten. Dann strich das seltsame Wesen sich das Haar aus der Stirn. Dort prangte auch noch das erblindete dritte Auge.

„Glaubst du mir nun, Schwesterlein?", lächelte Proles spitzbübisch und Aurea war sich ganz sicher, dass sie in diesem verstörenden Wesen ihre verlorene Schwester und Freundin wiedergefunden hatte. Sie lebte! Sie hatte das Jahr im Urwald ebenso überlebt, wie sie selbst.

Aurea sprang auf Proles zu, noch ehe sie einen klaren Gedanken gefasst hatte.

Dies alles konnte auch kein Gehirn so geschwind verarbeiten!

Sie reagierte nur aus dem Bauch. Und ihre verwirrten stark gebeutelten Gefühle schrien in ihrem Inneren: „Schwester!" „Freundin!" „Proles!"

„Na, sachte, Aurea! Du wirfst mich ja um! Und das wird mein treuer Freund, Schlaukopf, bestimmt nicht einfach so hinnehmen", lachte Proles in der ungestümen Umklammerung der Freundin. Und da fühlte diese auch schon die ungewohnte Behaarung und schreckte verstört vor der Berührung zurück.

So sanken die beiden vollkommen verwirrt nebeneinander ins weiche Gras und begannen zaghaft sich ihre Herzen auszuschütten, während sie sich immer wieder möglichst unauffällig gegenseitig mit forschenden Blicken betrachteten.

Wahrheiten

Der Tag war wie im Fluge vergangen, so viel gab es aus dem zurückliegenden Jahr gegenseitig zu fragen und zu berichten. Aurea konnte sich aber eines gewissen Fremdheitsgefühls der Schwester gegenüber nicht erwehren. Zu groß war Proles Ähnlichkeit mit den erschreckenden Homomaskulinen, als dass die junge Frau so einfach in die ehemalige Vertrautheit zurückgefunden hätte.

Proles empfand hingegen ganz anders. Nun hatte Aurea sich ja äußerlich kaum verändert. Sie war zwar eindeutig reifer geworden durch das schwierige Jahr beim neuen Volk der Fahlen und ihre Mutterschaft. Auch die schwere Krankheit hatte ihre Spuren hinterlassen. Aber vordergründig war Aurea noch immer dieselbe, die sich damals bereit erklärt hatte, mit ihrer Schwester Proles in den Urwald zu fliehen.

Wo war aber die entzückende fantasievolle Proles geblieben?

Sie steckte irgendwo unter diesem verstörenden dunklen Haarkleid. Jedenfalls verhielt es sich so mit dem Körper der geliebten Schwester. Er war vollkommen verändert. Sogar die Stimme war nicht mehr die ihre. Ihren Humor hatte sie jedoch behalten, das war Aurea gleich aufgefallen, und natürlich auch die unbändige Kraft und Wildheit. Reifer schien auch sie geworden, hatte das Leben in der Wildnis ihr doch noch weitaus mehr an Beharrlichkeit und Kreativität abverlangt, weil sie sich allein mit dem jungen Wolf durchschlagen musste.

Proles wusste ihre starke Veränderung selbst nicht zu erklären. Es hatte erst ganz allmählich begonnen und schließlich war sie zu diesem behaarten Wesen geworden. Aurea vermutete, dass das Testosteron-Problem dahinter steckte. Sie erinnerte sich aus dem Unterricht ein wenig an die Wirkung dieses körpereigenen Hormons.

Irgendwann waren sie, trotz aller Verwirrung, am gestrigen Abend neben dem behaglichen Feuer eingeschlafen, beieinander ruhend, ohne sich zu berühren. Und als Aurea aus einem tiefen traumlosen Schlaf erwachte, werkelte Proles schon leise vor sich hin pfeifend an der Feuerstelle, um das erste Mahl des Tages zu bereiten.

„Oh, du bist so lieb zu mir", flüsterte Aurea, andächtig das große Blatt mit einer gebratenen

Wurzel und einem Geflügelschenkel entgegennehmend.

„Ja, du weißt doch, so bin ich und kann nicht anders", lächelte das haarige Gesicht sie an und Proles Augen strahlten überirdisch. „Es gibt gleich auch noch ein heißes Getränk."

Aurea hätte sie am liebsten umarmt und geküsst, aber sie konnte sich nicht überwinden. Deshalb beschränkte sie sich darauf, freundlich und sehr dankbar aber distanziert zu nicken.

„Hast du eigentlich noch immer ein bisschen Angst vor mir oder ekeln dich diese verdammten Haare?", fragte Proles plötzlich nach einer unangenehmen Gesprächspause geradeheraus, während sie scheinbar genüsslich weiterkaute.

Das sieht ihr ähnlich, dachte die blonde Frau bestürzt. Immer gerade heraus. Nun musste die Wahrheit heraus – ob sie wollte oder nicht.

Länger als unbedingt notwendig hielt sie sich mit dem Kauen und Schlucken des Bissens auf, der ihr vor Verlegenheit im Halse stecken zu bleiben drohte.

„Das ist etwas schwierig für mich", stammelte sie mit trockenem Mund. „Du siehst den Homomaskulinen im Zoo schon sehr ähnlich. Es ist weniger die Angst als die Fremdheit, die mich hemmt." Und nach einer kleinen betretenen Pause fügte sie kaum hörbar hinzu: „Glaube ich jedenfalls."

Proles starrte ungerührt auf den Rest des Frühstücks.

„Dachte ich mir fast. Vielleicht könnte ich die Haare irgendwie abkratzen, mit einem scharfen Stein oder Knochensplitter." Proles dachte kurz nach, dann sprach sie weiter und ein kleiner Hoffnungsschimmer ließ ihre dunkle Stimme vibrieren: „Könntest du dir vorstellen, dass das etwas verändern würde?"

Aurea traten plötzlich Tränen in die Augen, und sie weinte haltlos in ihr Essen. Das ganze Elend ihrer Lage überwältigte sie in einem Moment und ließ sich einfach nicht ertragen.

Vorsichtig kroch Proles an ihre Seite und sprach ruhig auf sie ein, wie auf ein kleines weinendes Mädchen. Nur ganz sachte streichelte sie mit unglaublicher Zärtlichkeit über den zuckenden Rücken der Freundin, bis das Schluchzen allmählich nachließ. Dann erhob sie sich unvermittelt, als wäre nichts geschehen und stapfte einfach los.

„Ich muss nach Schlaukopf sehen", rief sie geschäftig über die Schulter zurück, wo die verdutzte Aurea sich gerade ihre triefende Nase abwischte. Diese nickte nur stumm und erhob sich ebenfalls, um ein reinigendes Bad im Fluss zu nehmen.

Als sie erfrischt und weitgehend beruhigt zum Feuer zurückkehrte, stellte sie fest, dass Proles dabei war, die Spuren ihres Lagerplatzes peinlichst genau zu beseitigen.

„Wir müssen hier unbedingt verschwinden, wenn wir nicht von deinem seltsamen Volk erwischt werden wollen. Die suchen inzwischen längst nach dir. Und es kann nicht lange dauern, bis sie uns finden", erklärte Proles mit einem forschenden Blick auf die geliebte Schwester.

„Ja, ich hätte zwar von denen nichts zu befürchten, denn sie haben mich ja in den Volksstamm aufgenommen. Aber sie würden dich für einen fremden Krieger halten, der mich geraubt hat. Und das dürfte gewaltige Probleme geben."

Proles führte die kleine seltsame Karawane an, die sich vom Fluss abwandte und schnurstracks in die dichten Wälder zog.

Der Weg war viel beschwerlicher, als durch die Graslandschaft in der Nähe des Flusses zu wandern, aber Proles hielt es für sicherer, im Schutz der großen Bäume zu bleiben. Und sie hatte nun das Sagen, weil sie sich in dieser Wildnis inzwischen auskannte, als sei sie hier geboren.

Irgendwann bat Aurea um eine kleine Verschnaufpause. Im Schatten der Bäume war es zwar nicht so drückend warm, aber es gab hier einige unangenehme Stachelranken und auch winzige Insekten, die sie umschwirrten, um sich auf ihr niederzulassen und von ihrem Blut zu naschen.

„Wenn du noch einen Augenblick Geduld hast, dann kommt gleich ein besserer Platz für eine Rast", vertröstete Proles sie sanft, als fürchte sie, Aurea würde wieder zu weinen beginnen.

Und wirklich nach wenigen weiteren Schritten lichtete sich der Wald und gab den Blick auf einige mächtige Felsen frei, die wirkten, als habe ein urzeitlicher Riese hier Kegelspiele betrieben. Die Karawane zog zielstrebig zum größten von ihnen und legte auf einer wundervollen Wiese an dessen Fuß die wohlverdiente Rast ein.

Aurea saß zufrieden im warmen Gras und blickte am Felsen empor in den Sommerhimmel. „Oh, du hast recht. Das ist schön hier", rief sie begeistert aus.

Proles richtete alles her, um ein Feuer zu machen. Es ging ihr leicht von der Hand, was Aurea mit großem Respekt beobachtete. Sie selbst hatte sich ja nur mit Unterstützung durch das *neue Volk* am Leben erhalten können. Die geliebte Freundin war eindeutig die bessere Überlebenskünstlerin! Das sagte sie ihr auch sofort und erhielt dafür wieder diesen unwiderstehlichen Blick aus Proles tiefgründigen Augen. Plötzlich spürte sie ein leichtes Kribbeln in der Magengegend, welches eindeutig nicht auf Hunger zurückzuführen war.

„Was kann ich denn tun? Ich will mich doch nicht nur bedienen lassen", sagte sie zur Ablenkung von den seltsamen Gefühlen, die ungefragt von ihr Besitz ergriffen. Und die Schwester ließ sie selbstverständlich an der Vorbereitung der einfachen Mahlzeit mitwirken. Es gefiel beiden, wie sie wieder Seite an Seite diese profanen Dinge erledigten. Es versetzte sie in die Zeit vor einem Jahr zurück. So brachte es ihnen mehr Normalität und Vertrautheit, als alle Gespräche vom Vortag.

Schlaukopf lag derweil ganz ruhig in ihrer Nähe und machte den Eindruck, als habe er Aurea bereits als Rudelmitglied akzeptiert. Um in dieser Annahme sicher zu gehen, brachte Aurea ihm den Rest von ihrem Mahl, was er dankbar verschlang.

„Diese Gegend kenne ich sehr gut. Ich habe hier lange in einer versteckt liegenden Höhle gelebt. Wenn es dir recht ist, könnten wir eine Weile bleiben, um uns über alles weitere klarzuwerden." Proles starrte auf ihre bloßen Füße, die in ihrem früheren Leben niemals so schmutzig und verhornt gewesen waren. Dann fügte sie plötzlich in sehr fröhlichem Ton hinzu: „Du wirst staunen, was für einen überwältigenden Wasserfall es bei einem der hinteren Felsen gibt. Komm! Wer zuerst da ist, hat einen Wunsch frei!" Schon sprang sie auf und rannte von dem weißen Wolf spielerisch umkreist davon.

Aurea hatte Mühe, den beiden zu folgen. Aber die Fröhlichkeit der Schwester tat ihr gut und vertrieb die vielen drückenden Fragen aus ihrem Kopf, die keine einfachen Antworten finden wollten.

Höhlenbewohner

Der Vollmond ging in der zweiten Nachthälfte auf. Der zahme Wolf benahm sich wie seine wilden Vettern und begann mit einem durchdringenden Heulkonzert. Da schreckte Aurea aus ihrem Traum hoch und bekam sogleich am ganzen Körper Gänsehaut. Sobald die Schwester sich in einer ruckartigen Bewegung erhob, war auch Proles hellwach.

Sanftes silbernes Mondlicht erhellte ihre Umgebung. Die Höhle, in der sie Zuflucht gesucht hatten, war ausgezeichnet für ihre Zwecke geeignet. Sie lag gut versteckt unweit des Wasserfalls und war in der Zeit, seit Proles weitergezogen war, scheinbar unberührt geblieben. Da sie Schlaukopf immer in ihrer Nähe hatten, mussten sie andere Tiere nicht fürchten. Er spürte Kleintiere sofort auf und erlegte oder vertrieb sie. Auch größere Raubtiere hatten, seit er ausgewachsen war, Respekt vor ihm.

Proles wusste abenteuerliche Geschichten zu erzählen, wie er sie verschiedentlich bei brenzligen Begegnungen mit Bären oder wilden Keilern gerettet hatte.

Jetzt saß der weiße Fellberg am Fuße des Felsens und wehklagte anhaltend in die lauschige Sommernacht.

„Das wird leider noch eine Weile so weiter gehen", erklärte Proles, während sie Aurea beruhigend beide Hände auf die nackten Schultern legte. Die Berührung war wohltuend, die starken Hände der Schwester angenehm warm. Sie wandte ihr das, von seidigem blondem Haar umrahmte, verstörte Gesicht zu und versuchte ein Lächeln.

„Ja, dann ist an Schlafen vorerst wohl nicht zu denken", bemerkte sie gähnend und streckte sich wie eine Katze. Die Tücher rutschten von ihren festen Brüsten und gaben den Blick auf eine wunderschöne zarte Nymphe frei, die im Mondschein tanzen möchte. Proles fühlte das Blut in ihren Adern pulsieren und ihre Augen wollten das Bild verschlingen.

„Komm, wir kuscheln uns aneinander, sonst wird dir kalt!" Die Stimme klang rau und war so leise, dass Aurea sich fragte, ob sie das überhaupt richtig verstanden hatte. Sie warf einen forschenden Blick in die Augen der anderen, um sofort wieder von diesen starken seltsamen Gefühlen überwäl-
228

tigt zu werden. Erinnerungen an die liebevollen leidenschaftlichen Nächte, die sie im vergangenen Jahr am Ufer des großen Sees verbracht hatten, stiegen in ihr auf und zauberten sehnsuchtsvolle Bilder vor ihr geistiges Auge.

Proles wirkte im weichzeichnenden Mondlicht weniger beängstigend auf Aurea. Ihr Geruch war frisch und aromatisch. Die warmen Hände hatten bereits vorsichtig mit dem gekonnten Streicheln der Schwester begonnen.

Unter ihnen rauschte der Wasserfall unaufhörlich in den kleinen Teich am Fuße des benachbarten Felsens. Dort hatten sie gestern den späten Nachmittag bis zum einsetzenden Sonnenuntergang verbracht. Während das klare kühle Wasser sie im gesamten Bereich des teilweise schultertiefen natürlichen Auffangbeckens mit einem silbrigen Tropfenregen umhüllte, hatte sich Aurea vergeblich bemüht, einen klaren Blick auf die nackte Proles zu erhaschen.

Sie fragte sich unaufhörlich, ob sie zwischen den Beinen genauso behaart war, wie die *Braune*. Nach dem ausgedehnten Badevergnügen war ihr die Schwester aber geschickt entwischt und hatte den Lendenschurz wieder angelegt, sobald Aurea ans Ufer watete.

Die junge Frau hockte sich nun auf ihr Lager und streckte Proles bereitwillig ihre leicht geöffneten Lippen entgegen. Sofort sank die andere neben ihr in die Knie. Langsam strich sie mit einem zitternden Zeigefinger über den verführerischen Mund und fragte dann sehr heiser: „Darf ich dich küssen, Aurea?"

Statt einer Antwort näherte sich das Gesicht der Blonden bis auf wenige Zentimeter, dann schloss sie die Augen und neigte den Kopf eine Spur nach hinten. Als das drahtige Barthaar ihre zarte Haut berührte, zuckte Aurea etwas zurück, hielt aber dem Kuss doch mutig stand. Proles war leidenschaftlich und genauso zärtlich, wie die Freundin es in Erinnerung hatte. Deshalb streckte sie sich schließlich willig auf dem primitiven Lager aus und genoss die wundervollen Gefühle, die mit ungeheurer Macht in ihr aufwallten.

Irgendwann bemerkte sie, dass Proles den Lendenschurz abgelegt hatte. Sie lag etwas verdeckt unter einem der Tücher, war aber vollkommen nackt. Sehr vorsichtig tastete sich Aureas Hand am haarigen Körper der Schwester entlang. Ihre Brust war muskulös aber noch immer sehr flach. Die harten Brustwarzen schienen jedoch empfindsam, da Aurea bei deren zärtlicher Berührung Proles lustvolles Keuchen vernahm. Sie hörte den

Wasserfall nicht mehr und auch nicht das Heulen des Wolfes. In ihren Ohren rauschte das wilde Blut, und sämtliche Gedanken waren der puren Lust gewichen. Jetzt bestand sie nur noch aus den Gefühlen ihres Körpers.

Als ihre Fingerspitzen sich unter Proles Gürtellinie zu schaffen machten, zuckte diese nun ihrerseits leicht zurück. Aber Aurea ließ sich diesmal nicht beirren und steuerte ohne Umschweife das Lustzentrum zwischen den Oberschenkeln an. Bevor sie erreichte, was sie erwartete dort zu finden, drängte sich ein harter glatter Penis in ihre Handfläche.

„Aurea, Geliebte", hauchte Proles in ihr Ohr, während sich die Hand weiter in der Feuchtigkeit ihres Schoßes nützlich machte. Und obwohl eine seltsame Lähmung ihren Körper in aufsteigender Panik erfassen wollte, umschloss die schöne blonde Frau das erigierte nackte Geschlechtsteil mit ihren tastenden Fingern. Es war zu ihrer Beruhigung immerhin nicht besonders mächtig.

Für einen kurzen Moment schossen Aurea dennoch Bilder von Schwänzen der Homomaskulinen und der Jäger des *neuen Volkes* durch den Kopf. Diese wurden jedoch sehr schnell von den Wellen eines sich aufbauenden gewaltigen Orgasmus' hinweg gerissen. Sofort danach fühlte sie Proles drahtigen Körper auf sich, und die Schwanzspitze berührte ihre noch zuckende Scham. Automatisch spreizte sie die Schenkel. Der schlanke Penis drang ohne den geringsten Widerstand in ihre pulsierende Vulva ein.

Nun ritten sie beide gemeinsam auf diesen lustvollen Wellen, die nicht enden wollten, bis Proles plötzlich den Oberkörper anhob, um einen und gewaltigen Schrei auszustoßen. Aurea spürte, wie sich etwas Warmes in ihren Schoß ergoss und der Penis ihr kurz darauf entglitt.

Proles gab ihr einen langen Kuss auf die Stirn und flüsterte: „Danke, du Freude meines Herzens!" Dann streckte er sich neben ihr aus und war in kürzester Zeit sanft entschlummert.

Obwohl die sexuelle Ekstase noch immer in ihr nachklang, und sie in ihrem Herzen eine brennende Liebe für Proles empfand, war ihr Geist vollkommen verwirrt. Sie betrachtete ungläubig den schlafenden Körper an ihrer Seite, der sich wärmend an sie schmiegte, nur leicht von einem der Tücher bedeckt. Unten heulte Schlaukopf, als ob er vor Verzweiflung vergehen müsse. Aurea fragte sich für einen flüchtigen Moment, ob der

Wolf vielleicht in das Antlitz des unerreichbaren Mondes verliebt war.

Dann kreisten ihre Gedanken sofort wieder um Proles, der neben ihr ganz entspannt und gleichmäßig atmete. Sie hatte keine *Schwester* Proles mehr und auch keine *Freundin*. Neben ihr lag eindeutig ein maskulines Wesen, behaart wie ein Homomaskuliner aber der Sprache mächtig, wie sie selbst oder die Jäger des neuen Volkes. Und genauso hatte er sie penetriert, wenngleich sie keinerlei Schmerz oder Abneigung empfunden hatte. Vielleicht war ein bisschen Angst vor dem Unbekannten mitgeschwungen, aber das hatte offensichtlich ihre Lust nur gesteigert, denn einen solchen Sinnenrausch hatte sie niemals vorher erlebt.

Über ihren seltsamen Gedanken wurde die junge Frau schließlich von einer bleiernen Müdigkeit erfasst und schlief im sanften Morgengrauen, als Schlaukopf endlich sein Klagelied beendet hatte, tief und fest an der Seite ihres Liebsten ein.

Expedition

Es war ein guter Tag, um die Expedition zu starten, auf die die sechs Frauen seit einer Woche ernsthaft hingearbeitet hatten. Die Sonne stand strahlend am blauen Himmel. Die Tierwelt hatte mannigfaltige Konzerte angestimmt, als ob sie den Marsch musikalisch begleiten wollte. Der Urwald sah in diesem strahlenden Licht in keiner Weise beängstigend aus. Die Baumriesen ragten majestätisch empor, als hätten sie die verantwortungsvolle Aufgabe, den hohen Himmel zu stützen, und sahen neugierig auf die seltsame Gruppe herab.

Roxi hatte sich inzwischen wieder völlig von ihrem Kälteschlaf erholt. Sie war mager, aber vollkommen gesund, und sprühte vor Energie. Die Ärztin wich jedoch nicht von ihrer Seite. Anima vermutete eifersüchtig, dass sich zwischen den beiden Freundinnen wieder tiefere Gefühle anbahnten.

Deshalb hielt sie sich leicht verstimmt seit Tagen immer etwas abseits der beiden und hatte sich nun einer der Wächterrinnen zugesellt. Famula

234

war zwar etwas wortkarg, sonst aber eine angenehme Gesellschafterin, weil sie ruhig und gleichmäßig an der Spitze der Gruppe einherschritt und dabei eine wundervolle Selbstsicherheit ausstrahlte.

Die beiden anderen Wächterinnen flankierten die zwei Robos, die ihnen zum Tragen der Lasten und zur Verrichtung aller schweren Arbeiten zur Verfügung gestellt worden waren. Die Wächterinnen befanden sich in ständiger Verknüpfung mit dem Matriarchat. Das war eine der Bedingungen, die zur Genehmigung der Exkursion erfüllt werden mussten. Außerdem hatten die edlen Damen angeordnet, dass bei offensichtlichen Gefahren für Leib und Leben der Exkursionsteilnehmerinnen, die Aktion sofort abgebrochen werden sollte. Auch ein großer Gleiter stand auf Anforderung bereit, falls der Weg zu Fuß nicht fortzusetzen war, oder eine Übersicht aus der Luft erforderlich werden sollte.

Die Robos wirkten wie monströse Spinnentiere mit ihren langen dünnen Beinen, die ihnen im unwegsamen Gelände hervorragende Beweglichkeit und Trittsicherheit garantierten. Diese Modelle waren nicht darauf programmiert mit den Frauen zu kommunizieren oder ihnen sonst irgendwie persönlich zu Diensten zu sein. Es waren Lastenträger und Hilfskräfte für schwere Arbeiten im Gelände. Sie sollten auch die Behausungen für die nächtlichen Ruhepausen errichten. Die Befehle erhielten sie ausschließlich von den Wächterinnen über deren MFA.

Als der Wald dichter wurde, musste die Gruppe sich in einer langsamen Schlangenbewegung ihren Weg durchs Unterholz bahnen. Mit einem breiten armlangen Messer ging Famula voraus und kämpfte sich durch Farne und Gestrüpp, ihr drittes Auge voll konzentriert und in Alarmbereitschaft. Ab und zu schickte sie damit auch einen Lichtstrahl in die Gegend, um genauere Messungen vorzunehmen. Anima hielt sich direkt hinter der starken Frau und bewunderte ihre geschmeidigen Bewegungen und die Unerschrockenheit, mit der sie einen Pfad ins Unbekannte freischlug.

Sie kamen langsamer voran, als sie es erwartet hatten. Die Robos hielten sie auf. Sie waren schwer beladen und zu groß, um das Schritttempo der Frauen zwischen den Bäumen mitzuhalten. Nach mehreren Stunden zäher Wanderung erreichten sie eine größere Lichtung, auf der sie eine Verschnaufpause einlegten. Die Robos bauten einige einfache Sitzgelegenheiten und einen Klapptisch auf. Dann hockten sich die Frauen nieder, um ein Heißgetränk und ein paar Snacks zu sich zu nehmen. Alle wussten, hier würde nicht mit kulinarischen Genüssen aufgewartet und waren deshalb mit der einfachen Stärkung zufrieden.

Die Wipfel der Bäume wisperten im Wind. Das Sonnenlicht flimmerte golden durch das üppige Grün und viele Vogelstimmen lagen im Wettstreit miteinander. Ansonsten strahlte der Wald eine majestätische Ruhe aus. Anima atmete tief durch. Sie schmeckte das würzige Aroma, welches die Natur hier ausströmte, auf der Zunge. Für diesen Moment war sie glücklich.

„Es ist ein wundervoll friedlicher Ort", bemerkte auch Pok und lächelte Roxi liebevoll zu. Abrupt meldete sich wieder Animas Eifersucht. Sie biss wütend ein großes Stück von ihrem Proteinriegel ab und verschluckte sich fast daran.

„Ja, wir haben Glück. Es scheint hier ruhig und friedlich zu sein. Aber in einer solchen Umgebung gibt es bestimmt viele wilde Tiere. Deshalb müssen wir ständig auf der Hut sein. Vor allem gilt: Keinerlei Essensreste hinterlassen!", erklärte die Anführerin streng.

So sammelten die Frauen am Ende ihrer Rast gehorsam alle Abfälle sorgfältig ein. Und nachdem die Robos abmarschbereit waren, setzten sie den beschwerlichen Weg, der sie vorerst immer in südliche Richtung führte, mutig weiter fort.

Bis auf einige katzengroße Nager begegneten ihnen keine wilden Tiere, die sie erschreckten. Und diese Nager waren Flüchter, so dass sie von ihnen meist nicht mehr als ein irritierendes Huschen wahrnahmen. Hin und wieder erklangen ferne Schreie von Tieren, die sie nicht einordnen konnten. Anima folgte noch immer vollkommen entspannt der Wächterin Famula. In ihrer Nähe fühlte sie sich absolut sicher.

Als sich die Sonne langsam neigte, wurde der Wald lichter. Die jetzt in größeren Abständen zueinander stehenden Bäume gaben ihnen wieder die Möglichkeit, schneller voran zu schreiten.

Plötzlich vernahmen sie ein lautes Brüllen. Es klang beängstigend nah. Augenblicklich hielt die Gruppe an und niemand sprach ein Wort. Die Anführerin Caudilla Ägide hatte dazu den Impuls über das MFA gegeben. Derartige Befehle für Notfälle waren von den Frauen zur Vorbereitung auf die Exkursion eingeübt worden.

Ägide hatte ihre Betäubungswaffe im Anschlag, als sie sich langsam durch das Unterholz schlich,

238

um den Verursacher des Brüllens zu identifizieren. Nach wenigen Schritten stand sie am Rande einer Lichtung und blickte forschend über eine weite Graslandschaft. Ihre konzentrierten Züge entspannten sich, bei dem was sie sah, und sie gab das Kommando, die übrigen Frauen sollten zu ihr aufschließen.

Anima trat mit Famula gleichzeitig aus dem Schutz der Bäume. Es bot sich den beiden ein lieblicher Anblick. Die Sonne senkte sich glutrot über die Wipfel der Bäume und warf ihre letzten Strahlen auf eine weite mit reifen Gräsern bewachsene Ebene, die sanft im Sommerwind wogte. Mitten in diesem friedlichen Bild graste ein Rudel weißer Hirsche. Die majestätischen Tiere mit ihren gehörnten Köpfen fühlten sich vollkommen sicher und schienen die Gruppe nicht zu bemerken. Wiederum stieß ein großes männliches Exemplar einen röhrenden Schrei aus, der über die Ebene hallte und vom angrenzenden Wald als Echo zurückgeworfen wurde.

Dann brachen die Robos aus dem Gehölz. Die Tiere nahmen sofort Witterung auf. In Sekundenschnelle hasteten sie davon, um mit gewaltigen Sprüngen im Schutz der Bäume zu verschwinden, noch ehe eine der Frauen auch nur ein Wort gesprochen hatte.

Roxi und Pok begannen erleichtert zu lachen. Auch die dunkelhäutige Wächterin zeigte belustigt ihr großes weißes Gebiss.

„Wir werden hier unser heutiges Nachtlager aufschlagen. Ihr könnt damit beginnen Feuerholz zu sammeln. Geht immer zu zweit und nicht ohne Messer, wie wir es vereinbart haben!", kommandierte Ägide.

Juxta kümmerte sich derweil um die Robos, die den Lagerplatz herrichten sollten. Nachdem die Maschinen ihren Ballast abgeladen hatten, mutierten sie zu sehr beweglichen starken Arbeitern. Sie bauten in kürzester Zeit die Unterkünfte auf und bereiteten den Platz für die Feuerstelle vor. Als die Sonne nicht mehr genug Kraft besaß, um den Lagerplatz zu erhellen, wurden künstliche Lichter eingeschaltet, die sich über eine transportable Kristallenergieanlage speisten.

Mit dem letzten Abendglühen hatten die Frauen genug brennbares Material gesammelt, sodass die wärmende Feuerstelle ihr flackerndes Licht ebenfalls verbreitete. Die leichten Quartiere waren wind- und wasserdicht. Sie enthielten jeweils zwei einfache Lagerstätten mit warmen Decken. Da sich Roxi und Pok für eine gemeinsame Unterkunft entschlossen hatten, schlief Anima zwangsläufig neben Famula. Die beiden anderen Wächterinnen teilten sich ebenfalls ein Quartier. Die Robos übernahmen die Wache am Feuer. Sie konnten auch in der Dunkelheit sehen und bei seltsamen Geräuschen notfalls die Lichter einschalten und Alarm geben.

So verbrachten die Frauen ihre erste Nacht in der Wildnis in einer relativ geschützten friedlichen Atmosphäre und schliefen, dank der ungewohnten Aktivität in frischer Luft, fest bis zum morgendlichen Weckimpuls der MFA.

Flucht

Die beiden Liebenden hockten nahe beieinander in der Höhle und wärmten sich an einem knisternden Feuer. Vor dem Höhleneingang fiel seit dem frühen Morgen ein unermüdlicher Sommerregen, der, in Verbindung mit dem lauten Plätschern des Wasserfalls, den Eindruck einer nahenden Sintflut vermittelte.

Aurea gähnte und rieb ihre Wange dann zärtlich an Proles Arm. Der zog die Geliebte sofort näher an sich. Wieder verloren sich die beiden in einem langen leidenschaftlichen Kuss. Sie hatten sich seit ihrer ersten wirklichen gemeinsamen Nacht nicht mehr voneinander getrennt. Alle profanen Verrichtungen, die der Alltag in der Wildnis nun einmal mit sich brachte, hatten sie einträchtig erledigt. Und Aurea wünschte sich, am liebsten ganz mit Proles zu verschmelzen.

Wie auch immer ihrer beider Zukunft aussehen mochte, sie wollten sie zusammen bewältigen. Sie hatten neben den vielen Zärtlichkeiten auch ihre geheimsten Gedanken ausgetauscht und waren zu dem Schluss gekommen, das Schicksal habe sie zueinander geführt. Was die Göttliche Mutter in Ihrer unendlichen Weisheit fügte, mussten die Sterblichen akzeptieren.

Bei ihren langen Gesprächen hatten sie auch die *kleine Sonne* nicht vergessen. Proles schmiedete bereits Pläne, wie sie das Baby aus dem Dorf der Fahlen entführen könnten, denn sie beabsichtigten bald gemeinsam in die Gesellschaft der Frauen zurückzukehren.

Plötzlich erschien Schlaukopf im Höhleneingang. Er trug einen jungen Hirsch zwischen den Fängen und legte ihn Proles vor die Füße. Dann schüttelte er sein nasses Fell, worauf Aurea erschreckt ins Innere der Höhle flüchtete, weil das Feuer zischend Funken sprühte. Proles kümmerte sich um das frisch erlegte Tier und bereitete es für ein köstliches Mahl vor. Die Teile, welche er nicht verwerten wollte, warf er dem Wolf zu, der sich dankbar darüber hermachte.

Aurea betrachtete ihren Geliebten stolz, während er diese schwierigen Arbeiten mit Geschick und Souveränität erledigte. Er unterschied sich darin nicht sehr von den Jägern der Fahlen, die die junge Mutter auch ständig mit gutem Fleisch versorgt hatten.

Ein bisschen konnte sie jetzt die Weiber verstehen, die die Jäger ständig beobachtet und dabei gescherzt und viel gelacht hatten. Wahrscheinlich waren einige auch so verliebt gewesen, wie sie selbst im Augenblick. Sie dankte der Göttin im Stillen dafür, dass sie ihr Proles geschickt hatte. Auch wenn er nun so verändert war. Eine Welt ohne ihn schien für sie undenkbar.

Schlaukopf hörte die Jäger zuerst. Er spitzte die Ohren und schlich lautlos davon. Da Proles gewohnt war, auf die Reaktionen des Wolfes zu achten und daraus seine Schlüsse zu ziehen, hielt er sofort in der Arbeit inne und glitt vorsichtig zum Höhleneingang. Durch den Regenschleier versuchte er am Fuße des Felsens etwas zu erspähen.

Aurea hockte derweil ängstlich im Innern, denn sie hatte keine Ahnung, was dort vor sich ging, spürte aber die Schwingung der Gefahr. Plötzlich warf Proles das frisch ausgeweidete blutige Fell über das Feuer, um es zu ersticken. Dadurch verbreitete sich ein dicker Qualm in der Höhle, der nach Verbranntem roch und wegen des Regenschleiers kaum die Möglichkeit hatte, sich außerhalb der Höhle zu verflüchtigen. Sofort schüttete er den gesamten Wasservorrat, den sie hatten, über das kokelnde Fell. Der Qualm vermischte
244

sich mit Dampf und das Feuer schien wirklich zu erlöschen. Aurea fühlte sich, als müsse sie ersticken und kroch hustend ebenfalls zum Höhleneingang. Der Geliebte deutete ihr, Ruhe zu bewahren.

Nun erblickte sie durch Rauch und Regen am Fuße des gegenüberliegenden Felsens eine Gruppe von Jägern des *neuen Volkes*. Sie konnte aus der Entfernung keine Gesichter erkennen, aber die dunklen Tätowierungen auf der weißen Haut ließen keinen Zweifel zu. Es handelte sich um einige der kahlköpfigen Kerle, die sie aus dem Dorf kannte. Sie waren alle mit Jagdwaffen ausgestattet und schienen auf der Suche nach Beute. Jetzt näherte sich ihnen schleichend der weiße Wolf. Aurea ergriff zitternd Proles Hand.

„Ich kann Schlaukopf jetzt nicht zurückpfeifen, sonst machen wir auf uns aufmerksam. Der Qualm ist schon gefährlich genug", flüsterte er aufgeregt und seine Stimme schien zu vibrieren. Die junge Frau presste ängstlich die Lippen aufeinander, während sie ihre Fingernägel in den Handrücken des Liebsten bohrte und dem Geschehen aus der Ferne entsetzt folgte. Noch hatten die Jäger den mächtigen Wolf nicht entdeckt. Er duckte sich geschickt hinter einige verstreute kleinere Felsbrocken. Doch plötzlich sprang er hervor und raste in seinem ungeheuerlichen Tempo auf die Gruppe zu. Er hatte es mit erfahrenen Jägern zu tun, deshalb wurde ihm sofort ein totbringender Speer entgegen geschleudert. Zum Glück für Schlaukopf verfehlte ihn die gefährliche Waffe um Haaresbreite. Instinktiv änderte der junge Wolf augenblicklich seine Richtung und flüchtete zwischen den Felsen hindurch in den Schutz des nahen Waldes.

Proles atmete hörbar auf. Er zog Aurea ein Stück ins Höhleninnere und flüsterte, obwohl die Jäger sie auf diese Entfernung unmöglich hören konnten: „Es ist nochmal gutgegangen. Ist ein wirklicher Schlaukopf, der weiße Wolf!" Dann drückte er ihr einen langen Kuss auf die Wange und klopfte ihr aufmunternd auf den verlängerten Rücken.

„Wir müssen aus dieser Region verschwinden. Auch wenn es gerade erst versprach, gemütlich zu werden. Pack' alles zusammen, was du mitnehmen willst. Sobald die *Fahlen* außer Sichtweite sind, werden wir aufbrechen."

„Meinst du, dass die hier wieder verschwinden?" Aurea sah recht verzweifelt aus.

Proles rieb sich den Handrücken und lächelte die Geliebte verschmitzt an. „Du hast verdammt spitze Fingernägel. Die musst du aber mal intensiver abkauen, Schwesterlein!"

„Lass jetzt die blöden Witze, Proles! Die Jäger haben gefährliche Waffen. Und vielleicht sind sie ja nicht auf der Jagd, sondern auf der Suche nach mir."

„Ja, könnte stimmen! Aber ich denke, dass Schlaukopf sie genug erschreckt hat, um sich ein anderes Jagdrevier zu suchen. Sie können ja nicht wissen, ob es hier ein ganzes Rudel dieser Wölfe gibt." Proles zog Aurea nun liebevoll an sich und strich ihr das unordentliche Haar aus dem Gesicht. Sie sah dankbar zu ihm auf und schlang die Arme um seine sehnige Gestalt.

„Nun aber los mit Packen!", kommandierte er lachend. „Wir könnten vielleicht einen Teil des Fleisches mitnehmen. Dann brauchen wir uns nicht mit dem Jagen und Fischen aufzuhalten. Wer weiß, wann Schlaukopf wieder zu uns stößt. Der wird in seinem Schrecken eine weite Strecke geflohen sein."

Fürs Packen benötigten sie nicht lange. Es war wenig, was sie besaßen und noch weniger, was sich lohnte mitzuschleppen. So rafften sie denn ihr spärliches Hab und Gut zusammen, während

sie die Jäger aufmerksam bei ihren weiteren Bewegungen im Gelände beobachteten.

Endlich schienen die es aufgegeben zu haben, in
dieser Gegend gute Beute zu machen. Sie zogen
nach Südwesten ab.

„Wir wenden uns erst mal nördlich, damit wir
ihnen möglichst nicht so schnell wieder über den
Weg laufen", sagte Proles und marschierte los,
nachdem er einen durchdringenden Pfiff in Richtung des Waldes abgesetzt hatte. Vielleicht würde Schlaukopf ihn ja hören.

Entscheidung

Aurea schluchzte herzzerreißend. Proles hockte nun schon unendlich lange vor Überforderung fast vollkommen starr am Feuer. Der Kopf der Geliebten lehnte zuckend an seiner Schulter. Ganz zart streichelte er mit der freien Hand immer wieder über ihr Haar, um sie zur Ruhe zu bringen, aber es wollte ihm nicht gelingen. Die Tränen rannen in Bächen aus den schönen Augen und benetzten zuerst seine Schulter, um dann ihren Weg durch seine Brustbehaarung bis zum Bauch zu finden. Hier kitzelte ihn die kühle Feuchtigkeit auf nervige Art, wie ein Schwarm Insekten, der gierig an seiner Haut leckte. Und Proles hatte keine Hand frei, um sich zu kratzen.

„Du kannst das nicht verstehen", stammelte die junge Frau zum wiederholten Male. Und ihre Stimme klang jämmerlich. Es fehlte jeglicher Unterton von Zorn, Wut oder Auflehnung. Sie wirkte, als habe sie allen Mut und jedwede Hoffnung verloren.

Der Geliebte hielt es nicht länger aus. Er löste vorsichtig die Hand aus ihrem Haar, kratzte sich möglichst unbemerkt an der juckenden Hautstelle und reichte Aurea dann etwas Wasser.

„Trink etwas, Schwesterlein. Sonst vertrocknest du noch, bei all den Tränen." Er sagte es mit leiser einschmeichelnder Stimme, denn er wagte nicht, sie noch weiter zu irritieren. Langsam hob sie das verweinte Gesicht und setzte den Trinkschlauch an die ausgedörrten von Tränen salzigen Lippen. In tiefen Schlucken sog sie das Wasser in sich auf. Dann senkte sie den Schlauch und sah Proles mit einer traurigen Ernsthaftigkeit an, die ihn beklommen machte.

„Du kannst natürlich nicht verstehen, was die *kleine Sonne* mir bedeutet. Niemals wirst du das verstehen können. Du bist kein weibliches Wesen. Du wirst niemals eine Mutter sein." Aurea schluckte zwischen den einzelnen Worten, so als wolle sie verhindern, erneut in Tränen auszubrechen. Sie würgte schließlich an einem dicken Tränenkloß in ihrem Hals und unterbrach kurz ihre stockende Rede.

Proles hatte den Blick gesenkt. Es wirkte, als konzentriere er sich auf die lodernden Flammen, die gierig das trockene Holz verschlangen. Aber seine Seele war verstört und sein Gemüt von Mitgefühl umwölkt.

„Ich sehe ein, dass wir allein geringe Chancen haben, mein Baby zu befreien. Vielleicht könnten uns die Frauen wirklich dabei helfen, wenn wir erst wieder nach Hause gefunden haben." Es schwang jetzt eine gewisse Hoffnung in ihrer Stimme mit, und sie sprach flüssiger: „Die *kleine Sonne* ist dort im Moment nicht in Gefahr. Sie ist in der Obhut der besten Freundin, die ich besitze." Proles sah Aurea überrascht an und entdeckte ein unmerkliches Lächeln, das über ihr verweintes Gesicht huschte.

„Beste Freundin, hm", flüsterte er pikiert und stieß mit dem Fuß einen vorstehenden Ast tiefer in die Glut.

„Ja, Proles! Meine beste Freundin und Schwester kannst du nun nicht mehr sein." Sie gab ihm einen Kuss auf die Nasenspitze, worauf er sie wieder ganz nah an sich zog.

„Es tut mit alles so leid, Aurea", stammelte er in ihrem Haar.

Und dann liebten sie sich.

Ihre Vereinigung war von einer berauschenden Dringlichkeit, einer verzweifelten Ausweglosigkeit und einer schamlosen Körperlichkeit geprägt, die alles bisher Erlebte in den Schatten drängte. Sie lagen schließlich beide vollkommen erschöpft neben dem Feuer. Ihre Knie waren aufgescheuert. Überall fühlten sie schmerzende Druckstellen, als hätten sie sich gegenseitig bestrafen müssen für diese wilde Leidenschaft, die über sie gekommen war wie ein Rausch.

„Wir sollten uns etwas Ruhe gönnen. Aber dann müssen wir weiter ziehen. Es sind noch bestimmt drei Tagesmärsche bis wir hoffentlich in die Nähe der Grenze gelangen." Proles streichelte liebevoll über den flachen Bauch der erschöpften Frau. Sie hob müde den Kopf und lächelte schwach, dann schlief sie ein, und er tat es ihr gleich. Es war helllichter Tag und sie ruhten im Schutze einer riesigen Baumwurzel, die der Sturm zur Hälfte aus dem Boden gezerrt hatte. Sicherer konnten sie es hier nicht haben.

Als sie erwachten, war das Feuer niedergebrannt, aber die Sonne stand hoch am Himmel und sandte ihre wärmenden Strahlen in jeden Winkel, der es zuließ. Der Wald war hier nicht sehr dicht, deshalb leuchtete die Umgebung in einem freundlichen hellgrün. Aurea stocherte missmutig in der Asche.

„Nun ist das Feuer aus, und wir haben noch nichts gegessen", murrte sie während sie sich den schmerzenden Rücken rieb. Das Lager war primitiv und äußerst hart gewesen.

„Wir haben doch Fleisch", meinte Proles überlegen lächelnd. Er packte eines der kostbaren Stücke aus und begann sofort einige hauchdünne Scheiben davon abzuschneiden. Dann reichte er Aurea eine davon und steckte sich selbst eine ganze in den Mund.

Während Proles fröhlich kaute, beäugte die junge Frau die magere dunkle Fleischscheibe misstrauisch. Sie hatte bereits rohes Fleisch gegessen. Bei den Fahlen wurde eine besondere Spezialität roh verzehrt, wenn große Dorffeste stattfanden. Sie wusste aber weder von welchem Tier dieses Fleisch damals stammte, noch wie es genau vorbereitet werden musste, weil sie nie daran mitgewirkt hatte.

„Iss, Schwesterchen! Du wirst nicht satt, wenn du es anstarrst", forderte Proles sie auf. „Es ist völlig unbedenklich. Was glaubst du, wie oft ich Schlaukopfs Beute gleich vor Ort mit ihm gemeinsam verschlungen habe. Anders hätte ich die schwere Zeit wohl niemals überlebt."

Sie stopfte die Fleischscheibe widerstrebend in den Mund und kaute mit langen Zähnen darauf herum. Ein metallisch schmeckender Saft rann in ihre Kehle und der nagende Hunger beförderte den zähen Bissen allmählich in ihren Magen.

Nach der Mahlzeit verließen sie den Lagerplatz und zogen weiter in nördlicher Richtung, wo Proles die Grenze zu ihrer alten Heimat vermutete.

Studien

Die Expedition der Frauen hatte sich inzwischen weiter in den Urwald vorgearbeitet. Allen war inzwischen klar, dass die intensiven Vorbereitungen erforderlich gewesen waren und ihnen nun zum Vorteil gereichten. Die Robos und die mitgenommene Ausrüstung hatten ihnen bisher gute Dienste erwiesen, wenngleich sie durch das Gepäck langsamer vorankamen.

Ein unangenehmer Regentag, sowie eine sehr schwierige Strecke mit vielen Hindernissen im Gelände, lagen hinter ihnen. Sie saßen nun bei ihrer ersten Tagesmahlzeit glücklicherweise in einer freundlicheren Umgebung. Die Landschaft war hier offener, deshalb konnten sie in der Ferne einen Fluss wahrnehmen, der sich wie ein silbernes Band durch die Ebene schlängelte.

„Wir werden uns nachher dem Flusslauf nähern, um das Wasser auf seine Trinkqualität zu prüfen", erklärte Ägide sachlich zwischen zwei Bissen. „Es wäre ein großer Vorteil, wenn wir das Wasser nutzen könnten. Vielleicht ist es nicht radioaktiv verseucht."

„Jawohl, Caudilla Ägide!" Die beiden anderen Wächterinnen salutierten vorschriftsmäßig. Die übrigen Frauen nickten nur, während sie stumm und ergeben weiteraßen. Die frühe Morgenstunde, nach einer weiteren auf den primitiven Schlafstätten verbrachten anstrengenden Nacht, ließ keine überflüssige Regung zu.

Anima schmerzte der Rücken, aber weil Pok und Roxi kein Wort der Klage über die Lippen kam, bewahrte auch sie darüber Stillschweigen. Diese Blöße würde sie sich keinesfalls geben, einzugestehen, dass ihr das ungewohnte Leben in der Wildnis körperliche Probleme bereitete.

Seit sie sich durch diese unwirtliche Natur voran kämpften, dachte Anima jede freie Minute an Aurea, ihre zarte Tochter. Vor mehr als einem Jahr waren sie und ihre Freundin in dieser Wildnis verschwunden. Es kam ihr nicht nur einmal in den Sinn, dass ihr kleines Mädchen hier unmöglich lange überlebt haben konnte. Selbst wenn sie bisher nicht auf wilde Bestien gestoßen waren, konnte eine zivilisierte Frau ohne Hilfe hier unmöglich mehrere Monate existieren.

Wäre da nicht das Gefühl gewesen, welches ihr mit an Wahnsinn grenzender Dringlichkeit immer wieder einflüsterte, ihre Tochter sei am Leben, hätte sie die Suche sofort abbrechen lassen.

Doch bald darauf räumten sie den Lagerplatz mit Hilfe der Robos und strebten im freundlichen Schein der Morgensonne dem verheißungsvollen Flusslauf zu. Das Gelände war schneller durchquert, als der hinter ihnen liegende dschungelähnliche Wald. Sie stießen aber in dieser lieblichen Gegend auf viele ihnen unbekannte Kleintiere.

Roxi war begeistert von der Flora und Fauna, und hielt die Gruppe immer wieder mit wissenschaftlichen Betrachtungen auf. Gern hätte sie Pflanzen gesammelt und einige Tiere mitgenommen. Leider musste sie sich damit begnügen, alles mit ihrem dritten Auge aufzunehmen und abzuspeichern. Aber auch das kostete schon mehr Zeit, als ihnen allen lieb sein konnte.

Endlich hatten sie aber den Fluss erreicht. Hier untersuchte einer der Robos verschiedene Wasserproben. Die Qualität des Wassers stellte sich als erstaunlich gut heraus. Deshalb füllten sie erfreut ihre Vorräte auf.

Als sie die großen Fische sahen, beschlossen sie einige zu fangen, um die dürftige Speisekarte anzureichern. Juxta wurde mit dieser Aufgabe betraut, während die übrigen am Flussufer das Lager aufschlugen.

„Ein Fluss mit gutem Wasser bedeutet Leben. Hier gibt es viele Tiere, die wir nicht kennen, deshalb ist Vorsicht geboten", warnte die Anführerin mit erhobener Stimme. Sie schlug mit einem Knüppel im hohen Uferbewuchs herum, weil sie dort Tiere vermutete, die sie vertreiben wollte. Es huschten auch tatsächlich einige Echsen und kleine Nager davon. Schlangen schien es hier auf den ersten Blick nicht zu geben.

Anima hatte sich müde auf einer Sitzgelegenheit niedergelassen. Neben ihr hockte Pok, die auch etwas angegriffen wirkte, Roxi aber interessiert mit ihren Augen verfolgte. Die Wissenschaftlerin konnte einfach nicht damit aufhören, alles zu dokumentieren, was sie begeisterte.

„Für die Wissenschaft wird unsere Expedition bestimmt ein Erfolg, dank Roxis intensiver Bemühungen um die hiesige Flora und Fauna", bemerkte Anima mit einem bissigen Seitenblick. Sie konnte sich angesichts der beiden Freundinnen einfach nicht entspannen.

Famula hatte die Spannungen zwischen den Frauen längst mitbekommen und trat jetzt zu ihnen, um etwaigen offenen Streit zu verhindern.
258

„Ihr könntet mir bei den Vorbereitungen für das Fischgericht helfen", bat sie die beiden freundlich. Und so kümmerten sich die drei gemeinsam um das köstliche Mahl, was ihnen die Natur heute bescherte. Famula gab die Anweisungen, weil Anima und Pok in solchen Tätigkeiten ungeübt waren. Und obwohl es eine glitschige und blutige Angelegenheit war, arbeiteten beide Frauen widerspruchslos und emsig, um das Gericht nicht zu verderben.

Erst als der köstliche Duft von gebratenem Fisch in ihre Nase stieg, näherte sich Roxi mit hochrotem Gesicht dem Lagerplatz. Ihr Beinkleid war an einer Stelle zerrissen und ihre bloßen Unterarme trugen viele kleine Kratzer, aber sie sah glücklich aus wie ein junges Mädchen. Pok stürmte sofort auf die Freundin los.

„Liebes, diese Schrammen muss ich sofort desinfizieren! Was hast du dir denn nur dabei gedacht? Es hätte dich auch ein wildes Tier angreifen können." Nachdem die Ärztin die Wissenschaftlerin kurz an ihr Herz gedrückt hatte, rannte sie auch schon los, um aus dem mitgeführten Arzneivorrat einige Mittel zu besorgen.

„Ihr glaubt nicht, welche Vielfalt an Pflanzen und Tieren ich hier entdeckt habe", sprudelte Roxi begeistert hervor. „Wenn ich weiter alles dokumentiere, hab ich wahrscheinlich die Möglichkeit, daraus eine interessante wissenschaftliche Arbeit zu machen. Vielleicht wird das Matriarchat mir dann wieder eine angemessene Stellung in der Gesellschaft verschaffen."

Die Wächterinnen sahen sie wohlwollend an, nur Anima musste sofort wieder sticheln: „Ach, es geht dir also gar nicht um die wissenschaftlichen Entdeckungen, sondern um deine verlorene Stellung in der Gesellschaft." Sie zog die Augenbrauen hoch und betrachtete Roxi derart hochnäsig, dass diese für einen Moment irritiert schwieg und sich an den Tisch setzte.

„So, bevor du isst, muss ich deine Wunden behandeln und du solltest deine Hände gründlich reinigen!" Pok duldete keinen Widerspruch und reichte der Freundin einige Pflegetücher. Dann machte sie sich über die vielen kleinen Kratzer her, als handelte es sich um schwere Verletzungen. Erst nach dieser Prozedur konnten die Frauen mit dem Essen beginnen.

Es schmeckte allen ausgezeichnet, was die Laune merklich anhob. Selbst Anima hielt sich mit bösen Bemerkungen zurück, als Roxi nach der

Mahlzeit wieder von den entdeckten Tieren und Pflanzen schwärmte.

„Ich habe viele kleine Säuger aufgespürt, die ein weißes Fell trugen. Das halte ich für eine Mutation aufgrund der radioaktiven Katastrophe. Bei den Insekten tritt diese Farblosigkeit aber seltsamerweise nicht auf. Sie sind im Gegenteil eher bunter und vielfältiger, außerdem viel größer als wir sie kennen. Na, ja in unseren vorwiegend städtischen Gebieten haben sie auch keinen so wundervollen Lebensraum."

Nachdem Roxi eine ganze Weile begeistert monologisiert hatte, unterbrach Ägide sie schließlich mit einem wichtigen Gedankengang: „Ich habe mir überlegt, wie wir mit der Suche nach den verschollenen Mädchen nun weiter vorgehen sollten."

Roxi schlucke betreten, weil ihr der eigentliche Grund ihres Hierseins so abrupt wieder vor Augen geführt werden musste. Anima war die Reaktion nicht entgangen, weshalb ein triumphierendes Lächeln um ihre Lippen spielte.

„Wenn die Mädchen auf diesen Flusslauf getroffen sind, was ich annehme, werden sie ihm gefolgt sein, weil er Wasser und Nahrung mit sich trägt", führte sie ihre Vorstellungen weiter aus.

„Wenn wir allerdings dem Fluss folgen, müssen wir uns für eine der beiden Richtungen entscheiden. Wir können uns südöstlich halten oder nach Westen weitermarschieren."

Jetzt begannen die drei Frauen aufgeregt durcheinander zu plappern. Die Wächterinnen warfen sich erstaunte Blicke zu und schwiegen, bis sich die Aufregung langsam legte.

„Ich verstehe eure Erregung. Wenn wir einen Fehler machen, werden wir in diesem unübersichtlichen riesigen Gebiet, wahrscheinlich nie eine Spur eurer Töchter finden. Es ist sehr belastend diese Verantwortung zu übernehmen. Sagt mir trotzdem, was ihr denkt, welchen Weg sie gewählt haben würden. Ihr kennt die Mädchen besser als ich. Aber bitte der Reihe nach. Nicht alle gleichzeitig!" Die Wächterin sah die Frauen auffordernd an, zeigte jedoch keine Emotionen.

Roxi sprach zuerst: „Ich glaube Proles hätte sich eher mit der Fließrichtung des Wassers bewegt, weil sie das Meer liebt und vermutet hätte, dass der Fluss zum Meer strebt."

Die beiden anderen Frauen blickten sie erstaunt an und nickten dann zustimmend.

„Ja, das ist eine interessante Idee. Ich denke Aurea hat sich in allem mit Proles geeinigt. Sie ist ein eher friedliches anpassungsfähiges Mädchen", stimmte Anima zu, nicht ohne damit wieder herauszustellen, dass sie Aurea eher für die Verführte hielt.

„Das würde bedeuten, dass wir in südöstlicher Richtung weitergehen. Ich mache aber den Vorschlag, dass wir vorsichtshalber den Fluss mit dem Gleiter aus der Luft absuchen. Das geht schneller und bringt uns vielleicht ein paar Hinweise, wie wir weiter vorgehen können." Ägide sah die Frauen der Reihe nach an, um sich ihrer Zustimmung zu vergewissern. Alle schienen von dem Vorschlag angetan zu sein.

So beschlossen sie, den Tag an diesem Ort zu beschließen, um am nächsten Morgen in aller Frühe dem Fluss wie geplant zu folgen.

Strategien

Die MFA weckten die Gruppe schon vor dem Morgengrauen. Da die Nacht aber sehr friedlich verlaufen war, und sie, aufgrund des wahren Festmahls am Vortag, auch nicht unter Hunger litten, waren alle recht schnell munter, um ihren eingeübten Aufgaben nachzugehen. Mit warmen anregenden Getränken und süßer Proteinspeise saßen sie einträchtig beim Feuer und stärkten sich für den anbrechenden Tag.

Wenn es auch schweigsam zuging, war die Stimmung eher gelockert. Selbst Animas umwölkte Stirn schien sich entspannt zu haben. Sie saß neben Famula und lächelte sie freundlich an, als sie ihr das Getränk nachschenkte.

Roxi und Pok waren sowieso seit Tagen ein Herz und eine Seele. Was sich noch verstärkt hatte, seit die Wissenschaftlerin sich für die Flora und Fauna begeisterte. Sie erweckte den Eindruck, als könne sie den Tagesanbruch kaum erwarten, um weiterhin leidenschaftlich ihren persönlichen Studien nachzugehen.

Die beiden anderen Wächterinnen saßen etwas abseits und flüsterten miteinander. Bald darauf wandte sich Caudilla Ägide an die Anwesenden: „Wir haben den Gleiter angefordert. Er wird in Kürze hier landen. Es ist für unser Vorhaben von Vorteil, wenn wir uns in zwei Gruppen aufteilen. Ich habe die beste Aufteilung bereits mit Juxta abgeklärt. Dafür waren überwiegend strategische aber auch Sicherheitsgründe maßgebend. Darüber hinaus habe ich auch Überlegungen angestellt, wie eine optimale Zusammenarbeit der Gruppen gewährleistet sein würde. Trotzdem solltet ihr euch melden, wenn ihr begründete Einwände habt."

Sie blickte jeder Frau gebieterisch in die Augen. Ihre Erscheinung flößte Respekt ein, genau wie ihre kräftige Stimme, die trotz ihrer verbindlichen Worte, keinen Widerspruch zu dulden schien. Sie fuhr dann zügig mit ihren Anweisungen fort: „Der Gleiter ist ein sicherer Ort. Wir setzen dort lediglich Famula ein, die von Anima begleitet wird, weil sie die Gewohnheiten der Mädchen kennt. Hier am Boden lauern vielfältige Gefahren, deshalb bleibt der Rest der Gruppe unter meiner Führung und in Begleitung der Robos zusammen."

Alle Anwesenden wirkten erleichtert und nickten stumm. Die beiden Wächterinnen bekräftigten gleichzeitig: „Anordnung verstanden, Caudilla Ägide!"

Im selben Moment landete der große Gleiter in geringer Entfernung am Flussufer.

Famula und Anima packten Wasser und Nahrung zusammen und begaben sich zum Gleiter, um dem Fluss in entgegengesetzter Richtung zu folgen. Die Verabschiedung vom Rest der Gruppe erfolgte kurz und oberflächlich. Die Wächterinnen behielten immer einen gewissen inneren Abstand bei, und Anima machte keinen Hehl aus ihrer Dankbarkeit, den anderen für eine Weile zu entrinnen.

Der Rest der Gruppe marschierte mit den ersten Sonnenstrahlen los, nachdem der Lagerplatz vorschriftsmäßig geräumt worden war. Ägide hielt es für besser, dem diesseitigen Flussufer zu folgen, obwohl eine Überquerung des Flusses ohne Probleme möglich erschien. Das Wasser war so klar, dass jede Unebenheit oder Untiefe einwandfrei zu erkennen war. Aber das gegenüberliegende Ufer trug etwas höheren Bewuchs und konnte Tieren dadurch eine bessere Deckung gewähren, was einen gewissen Nachteil darstellte.

Sie schritten den ganzen Tag zügig flussabwärts. Es wurden nur kleine Verschnaufpausen eingelegt, weil das Gelände leicht zu begehen war. Roxi hielt die Gruppe hin und wieder mit ihr wichtig erscheinenden Untersuchungen auf. Aber dem eigentlichen Zweck ihrer Expedition kamen sie keinen Schritt näher. Es gab keinerlei Anzeichen dafür, dass die Mädchen hier irgendwo gewesen waren und noch lebten. Außer Pflanzen und Kleintieren, die in dieser Wildnis allerdings in gewaltiger Vielfalt gediehen, hatten sie bisher keinerlei Wesen aufgespürt.

Als sich die Sonne zu röten begann, um das Wasser des Flusses allmählich in ihren warmen Schein zu tauchen, schlugen sie ihr Lager auf. Der Gleiter war noch nicht wieder zu ihnen gestoßen. Aber die beiden Frauen hatten die Möglichkeit, auf ihm geschützt einige Meter über dem Boden zu übernachten. Diese Option schienen sie gewählt zu haben. Caudilla Ägide hatte jedenfalls, nach der Vernetzung mit Famula, keine Anzeichen von Beunruhigung gezeigt.

Während sie um das Feuer saßen, an dem ein dampfender Kessel mit wundervoll duftender

Fischsuppe kochte, wirkten sie zufriedener als der bislang erfolglose Verlauf der Suche es eigentlich erwarten ließ.

Roxi klapperte ungeduldig mit den noch leeren Essgefäßen und schaute immer wieder erwartungsvoll zum Lagerfeuer hinüber. Plötzlich erhob sich Ägide, von dem Geklapper sichtlich genervt, und schlenderte in Richtung des Flusses. Wie immer trug sie ihre Waffen griffbereit.

Keine der übrigen Frauen hätte hinterher sagen können, wie der genaue Ablauf der folgenden Szene war, weil sie alle, erst durch das unangenehme Pfeifen der Waffe aufmerksam geworden, in Richtung der Anführerin blickten.

Ein großer weißer pelziger Körper flog im gespenstischen Zwielicht durch die Luft und landete unsanft im hohen Gras. Ein lautes Röcheln entrang sich der Kehle des Ungetüms. Dann lag es reglos dort. Die Frauen stießen schrille erschreckte Schreie aus.

Juxta eilte mit ebenfalls gezogener Waffe an Ägides Seite. Roxi und Pok klammerten sich zitternd aneinander. Die Anführerin trat zu dem weißen Fellberg und stieß ihn vorsichtig mit dem Fuß an.

„Es besteht keine Gefahr mehr. Mir scheint das ist eine Art Wolf, nur viel größer als ich sie kenne. Roxi könnte ihn sich mal näher anschauen", rief sie den Frauen zu, dann sicherte sie die Waffe und steckte sie ein.

Während Juxta mit ihrer Waffe im Anschlag die Gegend im dritten Auge behielt, löste sich die Wissenschaftlerin gleichzeitig mit einem der Robos, der für taghelles Licht sorgte, vom Feuer. Langsam näherte sie sich dem Raubtier. Sie hatte nie einen so großen weißen Wolf gesehen. Das wissenschaftliche Interesse hielt sich mit ihrer Angst für einen Moment die Waage, dann begann es die unangenehmen Gefühle zu verdrängen. Roxi vergaß schließlich selbst die Fischsuppe und widmete sich längere Zeit der genauen Untersuchung des Tieres.

Als sie zum Lagerfeuer zurückkam, hatten die übrigen schon gegessen. Sie verschlang mit großem Hunger gleich zwei Portionen Suppe, ehe sie zu sprechen begann: „Das scheint eine wolfsähnliche Mutation zu sein. Hier treffen wir wieder auf die vollkommene Abwesenheit von Pigmenten. Wie bei den Kleintieren, die ich gesehen habe. Ich habe alles dokumentiert. Ist wirklich wissenschaftlich hoch interessant." Sie wischte sich den Mund und die Hände mit einem Pflegetuch sauber und blickte dann beunruhigt in Richtung der Wächterinnen.

„Die Wölfe, welche ich kenne, sind Rudeltiere", fügte sie ihren im höchsten Maße beunruhigenden Gedanken an.

„Keine Sorge, das ist mir bekannt. Wir werden beide Wache halten, und die Robos leuchten die Gegend heute Nacht aus. Das wird die Bestien in Schach halten. Die jagen gern in der Dunkelheit." Ägide sprach laut und vernehmlich. Juxta nickte nun in ihre Richtung, zum Zeichen, dass sie den Befehl vernommen hatte.

Überraschung

In der zweiten Nachthälfte, der Mond war schon untergegangen und ließ die fernen Sonnen in wundervollen glitzernden Mustern am unergründlichen schwarzen Firmament erstrahlen, hörte Juxta ein verdächtiges Geräusch vom Fluss. Das Licht der Robos reichte nicht bis dorthin. Sie stieß Caudilla Ägide mit ihrem Ellenbogen an und entsicherte gleichzeitig die Waffe. Dann trat sie vorsichtig aus dem Lichtkegel, der das Lager umgab, in die undurchdringliche Dunkelheit am Flussufer. Hier konnte sie mithilfe des dritten Auges die Schwärze der Nacht auf bewegliche Konturen untersuchen.

Wieder vernahm sie ein Plätschern, als pflüge ein Tier durchs Wasser. Während sie die Umrisse des Wesens erfasste, sah sie, dass es groß war und sich schnell fortbewegte. Es schien in die Richtung ihres Lagerplatzes zu streben. Sofort vernetzte sie sich mit ihrer Anführerin, um sie zu informieren.

Aus den Augenwinkeln nahm sie wahr, dass Ägide ebenfalls mit gezogener Waffe aus dem verräterischen Licht trat. Beide Wächterinnen verhielten sich still und warteten unter Anspannung aller Muskeln.

Dann ging alles wieder sehr schnell. Offenbar hatte das Tier sie nicht gesehen. Es lief direkt zum Rande des Lichtkegels, wo der weiße Fellberg am Boden lag. Noch ehe die Wächterinnen das dunkel behaarte Wesen, welches sich auf zwei Beinen fortbewegte, genau identifizieren konnten, beugte es sich leise jammernd über den reglos liegenden Körper des Wolfes.

Die Wächterinnen schlichen unbemerkt näher, immer die Waffen im Anschlag. Ägide teilte Juxta über die lautlose Vernetzung mit, dass sie das Tier für einen Homomaskulinen hielt. Sie wollten kurz abwarten, wie er reagierte.

„Schlaukopf, oh, mein lieber Schlaukopf, warum warst du wieder so unvorsichtig." Proles kamen die Tränen, als er seinen Wolfsfreund so leblos dort liegen sah. Er hatte keinen Blick für seine Umgebung.

„Vorsicht! Keine unüberlegte Bewegung!", befahl Ägide dem dort hockenden Wesen, welches mehrere primitive Waffen bei sich trug. In den Augen der Wächterin handelte es sich eindeutig um einen Homomaskulinen, der seltsamer Weise aber ihrer Sprache mächtig war.

Proles schreckte zusammen und starrte die Wächterinnen erstaunt an. Er erhob sich langsam, warf sehr vorsichtig seinen Bogen und die Pfeile ins Gras. Dann zog er übertrieben langsam, um keinen Eindruck von Feindseligkeit zu erwecken, das Messer aus der Schlaufe an seinem Lendenschurz und ließ es ebenfalls fallen. Mit friedlich nach vorn gerichteten Handflächen stand er nun da, während die Tränen in Bächen über seine Wangen liefen.

„Ich heiße Proles", sagte er plötzlich trotzig, wischte sich mit dem Unterarm durchs Gesicht und zog die Nase hoch. „Ihr habt gerade meinen Wolf ermordet!"

Ägide war in diesem Moment klar, dass sie eines der Mädchen vor sich hatte. Auch wenn es durch den langen Aufenthalt in der Wildnis völlig verwahrlost wirkte. Sie steckte die Waffe weg und machte einen vorsichtigen Schritt auf Proles zu. Sachte legte sie ihm die Hand auf die Schulter und sprach mit ruhiger sachlicher Stimme: „Oh, Proles, das ist schön, dass wir wenigstens dich gefunden haben. Wir sind auf der Suche nach dir und Aurea. Dein Wolf ist übrigens nur betäubt.

Wir Frauen töten kein Tier unnötig, das dürfte dir doch noch bekannt sein."

„Dann weckt ihn sofort wieder auf! Er gehorcht mir aufs Wort. Ich habe ihn großgezogen." Der junge Mann wischte sich mit dem Handrücken über Augen und Nase.

Ägide nickte in Juxtas Richtung. Diese legte das Gegenmittel in die Waffe und gab einen pfeifenden Schuss ab. „Es dauert aber eine Weile, bis das Tier wieder auf die Beine kommt", erklärte sie freundlich.

Im selben Augenblick schreckten Roxi und Pok ziemlich verschlafen von ihren Lagern. Sie hatten das pfeifende Geräusch vernommen und sorgten sich. Sofort sahen sie die seltsame Szene im hellen Lichtschein und blieben irritiert stehen. Pok griff zitternd nach der Hand der Freundin und umklammerte sie mit feuchtem Druck.

Als Ägide die beiden Frauen bemerkte, rief sie ihnen aufmunternd zu: „Kommt zu uns! Ich möchte euch etwas zeigen."

Die beiden leisteten Folge, schritten aber weiter Hand in Hand und eher zögerlich auf die Wächterin zu. Als sie die drei erreichten, bewegte sich der Wolf und gab einen urtümlichen Laut von sich. Sofort klammerten sich die Freundinnen aneinander und kreischten.

Proles musste an Aurea denken. Irgendwie glichen sich die Frauen doch alle. Er lächelte selbstbewusst.

Und in diesem Moment erkannte er seine Mutter.

„Roxi! Dass du gekommen bist, um mich zu suchen …", stammelte er ungläubig. Und im nächsten Moment lagen sich Mutter und Kind schluchzend in den Armen. Die übrigen Frauen lächelten froh und voller Mitgefühl. Selbst die Facettenaugen der Wächterinnen blinkten ausnahmsweise emotional.

„Du bist aber arg verwildert, Proles! Was war denn überhaupt mit deinem MFA los? Wir konnten dich nicht orten. Und wo ist Aurea? Ihr ist doch hoffentlich nichts zugestoßen. Das würde Anima nicht überleben", redete Roxi schließlich vollkommen überwältigt auf Proles ein, während sie ihn eine Armlänge von sich entfernt hielt und durchdringend betrachtete.

Wieder stöhnte der weiße Wolf und brachte damit erneut Unruhe in die Gruppe. Aber Proles trat sofort zu dem Tier, streichelte es sanft und sprach beruhigend mit ihm. Zu seiner Mutter gewandt erklärte er: „Das ist Schlaukopf, mein bester Freund und Gefährte." Nach einer kleinen Pause fügte er lächelnd hinzu: „Und meine beste Freundin, Aurea, wartet wahrscheinlich schon ungeduldig auf mich am Lagerfeuer."

Als Ägide vorschlug, Aurea so schnell wie möglich ins Lager zu holen, waren alle sofort ihrer Meinung. Sie ließen Juxta bei den Robos zurück und machten sich unter Proles Führung auf, um das andere vermisste Mädchen zu finden. Mittels der empfindlichen Facettenaugen und einer beweglichen Lichtquelle wurde die Aufgabe schnell gelöst.

Aurea war erstaunt und gerührt zugleich, als ihr die Frauen plötzlich gegenüberstanden. Wie unendlich lange sehnte sie schon den Moment herbei, ihre Mutter endlich wieder in die Arme zu schließen und ihr das ganze Abenteuer erzählen zu können.

Schließlich erreichte die Gruppe kurz vor Tagesanbruch den erleuchteten Lagerplatz. Proles stellte sofort fest, dass Schlaukopf verschwunden war. Sicherlich war er völlig verstört erwacht und vor dem grellen Licht und den ungewohnten Gerüchen gleich wieder in den Wald geflohen. Aurea tröstete ihren Geliebten damit, dass der Wolf sehr gut allein zurecht käme. Aber Proles war trotzdem wortkarg und wirkte tieftraurig.

Während sie sich gemeinsam um die Morgenmahlzeit kümmerten, vernetzte sich Ägide mit Famula, um sie schnellstens zurückzubeordern. Sie teilte ihr mit, die Verloren geglaubten gefunden zu haben, um den Anreiz für die Rückkehr zu steigern. Sie ahnte, dass sich die beiden Frauen zu zweit auf dem Gleiter sehr wohl fühlten und ansonsten eigentlich keine Eile haben würden, diese traute Zweisamkeit zu beenden.

In der Zwischenzeit ließ Roxi Proles keinen Moment von ihrer Seite und bombardierte ihn mit tausend Fragen. Aber die wilde angebliche Tochter hatte sich in einen Sohn verwandelt. Der war sehr erwachsen geworden und selbstbewusst. Da er keinerlei Lust verspürte, die Neugierde der Anwesenden zu befriedigen, vertröstete er die Mutter immer wieder auf später und stopfte sich stattdessen die lange entbehrten Nahrungsmittel seiner Kindheit gierig in den Mund.

„Proles, du mochtest diese Riegel doch früher nie", lachte Aurea, während sie selbst völlig verklärt kaute.

In diesem Augenblick landete der Gleiter.

Die ehemalige Familie wurde dadurch endlich wieder vollzählig!

Alle Entbehrungen und Anfeindungen waren in diesem Moment des glücklichen Wiedersehens vergessen. Aurea fühlte sich das erste Mal seit langem von der wohligen Sicherheit ihrer Kindheit umhüllt. Immer wieder ließ sie ihre ungläubigen Blicke über die zufriedenen Gesichter der anwesenden Frauen gleiten, während sie geduldig die Fragen ihrer Mutter beantwortete.

Anima hielt sie minutenlang umschlungen und war diesmal mit ihrer ungeteilten Aufmerksamkeit bei ihrer Tochter. Dieser seltene Zustand rührte Aurea so sehr, dass sie in Freudentränen ausbrach.

Als Ägide auf Befehl der Matriarchinnen endlich zum Aufbruch drängte, waren Aurea und Proles gleichermaßen erschöpft. Ihr Leben im Urwald, das sich so sehr von dem in der Gesellschaft der Frauen unterschieden hatte, führte zu einer plötzlichen Überforderung. Würden sie die Rückkehr in die Umgebung ihrer Kindheit ohne Schaden zu nehmen bewältigen?

Trotz aller Freude über die unerwartete Rettung spürten sie viel Wehmut in sich. Ein Teil von ihnen schien sich inzwischen mit dieser wilden atemberaubenden Landschaft so fest verbunden zu haben, dass es unweigerlich zu schmerzhaften Rissen in ihren jungen Persönlichkeiten führte, das alles jetzt so plötzlich zu verlassen. Außerdem ließen sie geliebte Wesen hier zurück, von welchen der Abschied extrem weh tat. Obwohl beide in diesem Augenblick noch fest daran glaubten, bald in den Urwald zurückzukommen, um sie wiederzufinden, brannte der vorhandene Trennungsschmerz fast unerträglich.

Auf ewig würde eine unstillbare Sehnsucht nach dieser anderen Welt in ihnen brennen, auch wenn sie fürs erste mit gewissen Hoffnungen in ihr ehemaliges Leben heimkehren durften.

Fortsetzung folgt!

Erklärungen zum Inhalt:

Animation: von kristallinen Speichermedien mittels MFA abrufbare wirklichkeitsnahe raumfüllende Darstellungen der Realität, dienen der Unterhaltung oder Information

Drittes Auge: Facettenauge auf der Stirn der Frauen, fest eingepflanzt, ohne Lid, blinkt emotional oder kann trüb wirken, blinkt bläulich bei Gedankenbefehlen, erfüllt verschiedene Funktionen in Verbindung mit dem MFA, hat ein größeres Sichtspektrum als das normale Auge

Gleiter: fliegendes Fortbewegungsmittel der Frauen wird mittels MFA gesteuert

Homomaskuline: gezüchtete stark behaarte männliche Wesen, von den Frauen ausschließlich im Zoo gehalten, aggressiv und tierähnlich, keiner Sprache mächtig

Kristalline Energie: umweltfreundliche erneuerbare Energie der Zukunft, wird in Energiekristallen gespeichert

Matriarchinnen: die drei höchsten Damen, gewähltes Führungstriumvirat und Gerichtsinstanz in der Gesellschaft der Frauen

Multifunktionsarmband (MFA): fest mit dem Handgelenk verwachsenes Identifikations- und Ortungsmittel in der Gesellschaft der Frauen, ermöglicht Zugriff auf alle öffentlich zugänglichen Wissensquellen und Steuerung der Roboter, außerdem Vernetzung der Frauen untereinander

Robo: intelligente maschinelle Hilfskraft der Frauen, wird für bestimmte Zwecke programmiert und durch das MFA gesteuert

Die Frauen:

Aurea, Hauptperson, hübsche sehr intelligente goldblonde junge Frau

Anima, Aureas Mutter, kühle sehr beschäftigte Wissenschaftlerin mit wechselnden Liebschaften

Proles, Aureas neue Schwester und enge Freundin, wild, aufsässig und unberechenbar mit gefährlichen Ideen

Doktorin Ferox, genannt Roxi, Mutter von Proles und neue Lebensgefährtin von Anima, arbeitet mit großem Eifer in der Homomaskulinen-Forschung

Doktorin Pokratia, genannt Pok, geachtete dunkelhäutige Ärztin und ehemalige beste Freundin von Roxi

Venia, erste Anführerin der Frauen nach der großen nuklearen Katastrophe, Gründerin der Gemeinschaft, glorifizierte historische Figur

Die Wächterinnen:

Caudilla Ägide, die Anführerin der Wächterinnen
Famula, zurückhaltende mutige Frau, gefällt Anima
Juxta, schwarzhäutige untergeordnete Wächterin

Largiri: Aureas Schmusetier, eine neue Katzenzüchtung mit langem lila Fell

Schlaukopf: Proles gezähmter weißer Wolf

Die Braune, braunhäutige, starkbehaarte stumme Frau, die aus einem anderen wilden Volk stammt, wird zur guten Freundin Aureas

Die Fahlen (das neue Volk): eine wilde Population im Urwald, von denen Aurea entführt wird, wodurch sie ein Jahr lang unter ihnen lebt. Sie sind sehr hellhäutig und haarlos, haben rote Augen und tätowieren ihre Körper.

Duft der Kräuter, Altes weises Weib, ist für die Geschicke des Volkes entscheidend, Medizinfrau

Füchsin, hilfsbereites junges Weib bei den Fahlen

Hüter der heiligen Federn, auch *Federhaupt* genannt, Häuptling des neuen Volkes, Hutträger, darf nicht direkt angesehen, angesprochen oder berührt werden

Rache der Götter, genannt *Rache*, der kleine Sohn der Braunen

Sonnenhaar, Aureas Name bei den Fahlen

Tanz des Vogels, Tätowierer des Stammes und hervorragender Tänzer

Tochter der Sonne, genannt *kleine Sonne*, Sonnenhaars niedliche kleine Tochter

Was im ersten Buch geschah:

Aurea, ein hübsches wohlerzogenes Mädchen an der Schwelle zur Frau, lebt in einer Gesellschaft der Zukunft. Männer sind in dieser Gemeinschaft zweitausend Jahre nach der nuklearen Katastrophe nur noch im Zoo zu bestaunen. Die Frauen leben in Wohlstand und technischem Fortschritt. Sie werden in allen Lebensbereichen von programmierten Robos umsorgt.

Als Aureas Mutter Anima sich an eine neue Lebensgefährtin bindet, bekommt Aurea überraschend eine etwa gleichaltrige Schwester. Diese ist allerdings von übermütigem Temperament. So geschieht es, dass Aurea von Proles angestachelt einem Fluchtplan in den Urwald zustimmt.

Getrennt von der zivilisierten Gesellschaft, in der Wildnis vollkommen auf sich gestellt, erleben die beiden Mädchen Abenteuer, die sie an die Grenzen ihrer Belastbarkeit führen.

Ihre Mütter plagen sich unterdessen mit Beziehungsproblemen und Geheimnissen, die ungeahnte Ausmaße haben.

Ein kleiner Ausblick auf das nächste Buch:

Es gibt absehbare Schwierigkeiten, auf die Aurea und vor allem Proles bei ihrer Rückkehr in die Gesellschaft der Frauen treffen. Außerdem stehen ihnen die vielfältigen Erfahrungen, die sie in der Wildnis gemacht haben, im Wege. Sie fühlen sich der Gesellschaft entfremdet.

Auch ihre Mütter haben mit Vorurteilen und neuen Beziehungsproblemen zu kämpfen.

Alles mündet schließlich in der abenteuerlichen Suche nach der *Tochter der Sonne*, die Aurea bei den *Fahlen* im Urwald zurücklassen musste.

Wird Aurea ihr geliebtes Kind wieder in die Arme schließen dürfen? Welchen Weg wird Proles einschlagen, um seine neue Identität zu stärken? Haben Aurea und Proles eine gemeinsame Zukunft?

Dieser Roman setzt die Aurea-Reihe fort.

Zu der Reihe gehören jetzt:

1. Aurea
   und die Homomaskulinen
2. Aurea
   von Fahlen verschleppt

Demnächst geht das Abenteuer weiter:

3. Aurea und Proles

Danksagung

Ich danke meinem lieben Mann für die vielfältige Unterstützung und Geduld. Ohne ihn wäre es mir nicht möglich, mein zeitaufwendiges Hobby auszuüben.

Die vielen Menschen, die mehr oder weniger zufällig meinen Weg kreuzten, und bewusst oder unbewusst zahlreiche Anregungen zu meinen Geschichten lieferten, besitzen für immer einen besonderen Platz in meinem Herzen.

Nicht zuletzt danke ich meinen LeserInnen, die meine Bücher fortwährend mittels ihrer eigenen Fantasie zum Leben erwecken.

Marion Scheer

Zur Autorin

Marion Scheer wurde 1952 in Düsseldorf geboren. Im Anschluss an eine Banklehre und einige Jahre als Sachbearbeiterin bei einer Düsseldorfer Großbank, studierte sie Mathematik, Geografie und Geschichte auf Lehramt. Sie lebt und arbeitet seit fast vierzig Jahren an der ostfriesischen Nordseeküste und ist mehrfache Mutter und Oma. Solange sie schreiben kann, betreibt sie in ihrer Freizeit die Schriftstellerei. Dabei verarbeitet sie vorwiegend tatsächliche Begebenheiten und Erlebnisse zu Krimis oder Fantasiegeschichten. Leider verhinderten mehrere schwere Schicksalsschläge eine frühere Veröffentlichung ihrer Bücher.

Heute lebt die Schriftstellerin mit ihrem jetzigen Ehemann zurückgezogen in der Nähe von Emden.

Kontakt: mascheer@gmx.net

Folgende Bücher von **Marion Scheer** sind ebenfalls in diesem Verlag erschienen:

Die Frau des Quacksalbers
(Ostfrieslandkrimi)
Die Deichhexe
(Ostfrieslandkrimi)
Hundeverbot
(Ostfrieslandkrimi)
Das Mädchen vom Sperrwerk
(Ostfrieslandkrimi)
Schutzlose Räume
(Ostfrieslandkrimi)
Von Tieren und Menschen
(kleine Geschichten)
Drachenliebe
(fantastische Geschichte)
Schmerzliebchen
(Frauenschicksal)
Von Mäusen, Mördern und Memoiren
(Roman)
Scherenschnitte
(Frauengeschichten)
Aurea und die Homomaskulinen
(Zukunftsroman / 1. Teil)